그와
함께
산다는것

7인 신작 소설선

그와 함께 산다는것

구자명 · 김혁 · 박종관
배명희 · 이시백 · 정환 · 한상준

나무의숲

'욕망이라는 이름의 전차' 앞에서

겨울이 지나 봄기운 제법 무르익은 시절을 만나 세상은 바야흐로 높은 목소리들로 아우성치고, 사람이 모인 곳마다 장사꾼들이 들 끓어, 차라리 뒷골목의 국밥집에서 숟갈 섞어 가며 나누던 시편들 이며 은일隱逸한 글줄들이 그리워진다.

　이제 저잣거리에서 악 쓰는 장사치처럼 글판에도 경제니 자본 이니 하는 말을 보란 듯이 내걸게 되었다. 돈 안 되는 글 쓰는 놈 은 세상에 뒤지거나, 아예 세상에 얼굴 들이밀 생각을 말아야 하 는 세상이 된 것이다. 한강변에서 놀다 못 죽은 귀신들 살 풀 듯, 대구 쏘아 올리는 폭죽처럼 번쩍이는 이야기를 터뜨리지 않으면 감히 작가라는 행세도 못 할 터이다. 혀를 잘라 요리를 하건, 남이 요리한 혓바닥을 주워다 중탕을 하든 일단 인총의 눈과 귀를 끌면

될 일이라니 할 말이 없다. 그런 판국에 저 인적 드문 변두리에서 미지근하게 식은 국밥이나 말며 버스 지나간 뒤에 허위허위 읊어 대는 이야기들이 과연 어느 지나가는 바람 한 졸가리라도 붙들어 새겨듣게 할 수 있단 말인가.

이 책에 실린 작품들은 자본과 시장의 아수라 속에서 번질거리는 욕망의 오니汚泥들을 이야깃거리로 삼았다. 무너져 가는 가족의 뒤편에서 마주치는 노인 문제와 노후를 진저리날 정도로 냉담하게 그린 정환의 「그와 함께 산다는 것」에서 우리는 무엇이 '즐거운 나의 집'을 혐오와 모멸의 공간으로 바꾸었는지 생각하지 아니할 수 없었다.

욕망이라는 전차의 궤도 앞에서 권력과 부귀를 놓고 벌이는 골육상잔의 처참함과 근친상간적 패륜의 밑바닥을 그린 박종관의 「검은 사랑」에서 마천루 '타워'로 상징되는 높이가 주는 전율과 두려움은 그야말로 아찔했다. 이런 아찔함의 근원이 일찌감치 경서에서 등장하는 바벨의 지경임을 우리는 김혁의 「거품과 눈물」에서 확인하게 된다. 이 작품의 모티브인 '행복한 눈물'이라는 팝아트 미술작품이 우리 사회에 일으킨 혼란과 충격은 적지 않다. 아름다움의 이면에 숨겨진 자본과 대박의 망상이 빚어내는 파국을 그들의 작품에서 예감하고 전율하지 않을 수 없었다.

심지어 이러한 파국은 어린아이들에게도 예외가 없다. 좌절과 상실의 수렁에서 허우적거리며 스스로를 더럽혀야 하는 '더러운 통과의례'의 과정을 이시백의 「잃어버린 화살」에서 보게 된다. 꿈은 이미 상품이 되고, 자본으로 환산되며 누군가의 가슴에 치유되지 않는 욕망의 흉터로 남게 된다는 슬픈 파국에 한숨을 지을 수밖에 없다.

이러한 파국은 왜곡으로도 나타난다. 보고, 보여주는 관망의 도정을 비틀어 이국의 사막으로 우리를 데려간 배명희의 「모래 세수」에서는 사막을 걷는 낙타와 우리를 환치하게 되는 신기루에 이르러 허망한 꿈의 상실과 왜곡이 일으키는 파국의 모래바람을 만나게 된다.

내로라하는 남도의 문사들이 어우러져 펴내는 가히 비장한 시사詩社의 분위기를 그 특유의 의고체로 비틀어낸 한상준의 「'연향동파' 유랑의 길로 나서다」에서 풍자의 예각으로 만나게 된다. 하루가 다르게 소비하며, 소진하며, 소멸하는 세상의 흐름에 맞서 보려는 지점이 슬픈 이 시대의 '돈키호테' 읽기가 아닐까 싶다.

그러한 저항은 구자명의 「울보여인숙」으로 이어진다. 자본은 한 화가의 불우한 삶마저 조롱하고 핍박하는 것도 모자라, 이제 그 죽음마저 흔들어대며 훼손하기를 망설이지 않는다. 표절과 복사로 이어지는 진위의 입증마저 부재하고, 불가해진 '에포케'의 시대에 스스로 유작을 불사르는 의연하고 장엄한 자회(自晦)의 통절함에 대해 우리는 어떤 점수판을 들어올려야 한단 말인가.

　한 가지 물음에도 여전히 답하지 못하며, 오히려 또 다른 물음만 수북이 던져 놓는 기분으로 우리 일곱 사람은 모처럼 정색을 하고 무엇이 인간을 그 존재로부터 소외시키며, 스스로의 존엄성을 더럽히는지 묻지 않을 수 없다.

2009년 봄날에

차 례

울보여인숙

구자명

시간 죽이려고 다른 데 가서 어슬렁거릴 일이 아니었다. 카페 '울보 여인숙'의 주인으로 보이는 이 여자한테서도 얻어낼 정보의 양이 쏠쏠할 것 같았다. 자, 어디서부터 시작한담? 그래, 카페의 상호, 거기서부터 시작하자. 차와 술을 파는 집의 이름이 왜 여인숙이며, 그것도 하필 울보 여인숙인지……

그 여자는 큰 바다를 끼고 도는 해안길 언덕으로 오라고 했다. 유경은 시끌벅적한 어시장을 빠져나와 반 주차장으로 변한 방파제 옆 보도를 보자 차를 호텔에 두고 온 것이 후회가 됐다. 부슬비는 맞을 만했으나 목에 둘렀던 스카프를 빼서 무슬림 여자들처럼 머리에 휘감고 보도에 주차된 차들을 요리조리 피해 걷자니 좀 처량한 기분도 들었다. 시장 쪽 어디선가 희미하게 트로트 가락이 들려왔다. 운다~고 옛사~랑~이……. 유경은 허밍으로 따라하며 걸음을 옮겼다.

우리집은 언덕 위의 하얀 집이에요, 하고 여자가 약간 달뜬 목소리로 일러준 것과 다르지 않게 그 카페는 테라스가 달린 하얀 목조 건물이었다. 하지만 그곳의 상호는 아주 동떨어진 감각의, 신파적인 것이었다. 동그란 형광 간판에는 '카페'라는 커다란 인

쇄체 활자 밑에 그 삼분의 일 정도 크기의 필기체 활자가 박혀 있었다. 울보여인숙? 유경은 고개를 갸웃거리며 카페로 들어섰다.

명함을 내밀며 자기소개를 하자 40대 중반쯤 돼보이는 희고 매끈한 피부의 카페 여자는 반색을 하며 카운터 앞좌석으로 안내했다. 비 오는데 찾아오느라 고생하셨네요. 따끈한 거 뭐 한 잔 해드릴게요. 뭐가 좋으실지? 아무거나……. 여자가 다시 카운터 뒤로 가서 차를 준비하는 동안 유경은 카페 실내를 둘러보았다. 카페는 산뜻한 외관과 달리 실내는 세월의 더께가 앉은 갈색조의 인테리어로 약간 촌스러우면서도 손때 묻은 편안함이 느껴지는 70~80년대풍의 분위기를 지니고 있었다. 평일인 데다 비가 와서 그런지 손님이라곤 홀의 맨 끝 창가 좌석에서 낮부터 맥주를 마시는 중년 남녀 한 쌍밖에 없었다. 음악도 그들 세대가 좋아할 만한 멜라니 샤프카의 '세상에서 가장 슬픈 일'이 눅진하게 흘러나오고 있었다.

이층에서 민박을 치나요? 유자차를 커다란 말찻잔에 담아 가져온 여자에게 유경이 묻자 그녀는 고개를 가로저었다. 지금은 그냥, 살림집으로 써요. 고모님이 돌아가시기 전까진 이 아래층도 다 방이었고 민박 쳤댔어요.

아, 고모님……. 유경은 그 카페의 묘한 복고풍 분위기에 어리둥절해져 잠시 잊고 있던 자기 임무를 상기했다. 그랬다. 여자가 말하는 고모님, 이태 전에 세상을 떠나고 없는 그 여인이 자신의 궁극적 취재 대상이었다.

어제 시사월간지 〈투데이 Q〉에서 갑자기 고故 기영서 화백 작품 위작 사건과 관련해 특종을 터뜨릴 만한 정보의 제보자를 비밀리에 취재해 달라고 의뢰해 왔을 때 솔직히 유경은 좀 뜨악한 심정이었다. 그런 대어 낚시를 그녀처럼 별 볼일 없이 르포 기사 대필이나 해주며 사는, 명색뿐인 객원기자에게 시키는 이유가 뭐란 말인가.

잠시 머리를 굴려 본 결과, 그녀가 기 화백과 절친했던 박준 시인의 손녀라는 점이 〈투데이 Q〉 편집국의 도도한 '성감대'를 건드렸을 것이란 추측이 나왔다. 박준 시인 또한 고인이 된 지 오래지만 박유경 기자가 그 취재를 진행하다 보면 자기 필요에 의해 제 집안은 물론 조부의 생시 교유망까지 훑어 나가지 않겠냐는 계산이 작용한 게 틀림없었다. 좋아, 그렇게 해주지. 당신들이 그걸 원한다면. 그래서 그 특종이 성공하고 당신들이 내 공을 인정하게 된다면, 기꺼이! 내심 그렇게 작정하고 바로 이튿날 아침 출발하여 이 항구 도시에 당도한 것이 마침 점심때였다. 미리 예약해 둔 관광호텔에 체크인을 한 후 사진기와 녹취기 등 취재도구를 챙겨매고 나와서 다시 차에 오르려다 생각을 바꿔 걷기 시작했다. 취재원에 따라서는 밤늦게까지 여기저기 옮겨 다니며 얘기를 들어야 하는 경우가 생기기도 했고, 더러는 함께 술을 나눠야 하는 경우도 없지 않았다. 십여 분 걸으니 인터넷 지도에서 살펴본 대로 부둣가가 나왔다. 어시장 입구 밥집에서 국수 한 그릇을 사먹고 제보자가 산다는 데로 찾아온 것이었다. 유경은 〈투데이 Q〉에 연락을 주신 김산복씨는 어디 계시냐고 물었다. 여자가 미안해하는 표정을 지으며 말했다.

어쩌나, 우리 아버지를 만나려면 몇 시간 더 기다리셔야 할 텐데……. 좀전에 낚시 손님들이 와서 바다에 나가셨거든요. 비오는 날은 나가자는 손님이 잘 없는데, 하필 오늘 어쩐 일로……. 암튼 한번 나가면 3~4시간 걸리니 해질녘 다 돼야 돌아오실 거예요. 기자 분이 오늘 온다는 건 알았지만 이렇게 일찍 올 줄은 몰랐거든요. 그러잖아도 혹시나, 하고 걱정을 하며 나가시긴 했는데……. 일단 제가 핸드폰으로 알려서 되도록 빨리 오시라고 할게요.

유경은 그럴 거 없다며 손을 내저었다. 미안한 건 자기였다. 노년에 지방 도시에서 한갓지게 세월을 물처럼 흘려보내며 사는 양반이리라 생각하여 약속 시간도 정하지 않았던 것이다.

제가 딴 데 가서 시간을 좀 보내다가 돌아오실 때쯤 다시 오면 되지요, 뭐. 어차피 오늘 여기서 묵을 양으로 왔는데요. 유경은 차나 마저 마시고 일어날 생각으로 찻잔을 기울였다. 차 맛이 달콤하면서도 쌉쌀한 가운데 톡 쏘는 게 독특한 풍미가 있었다.

아, 이 유자차 맛이 특별하네요. 서울서 먹던 거랑은 많이 다른 데요?

네에, 그렇죠? 그거 우리 고모님한테 전수받은 방식으로 만든 거예요. 생강도 넣고 월계 잎도 넣고 그래요. 당신 고향에서 담그는 방식이래요, 그게.

고모님 고향이 어디신데요?

나가사키……일본 태생이셨어요.

일본 태생이라면, 일본서 태어난 한국인이란 말인가요? 아님, 일본인?

네, 일본 사람 맞아요. 한국으로 귀화한…….

놀라운 이야기였다. 기영서 화백이 일본 여인한테 그림들을 주어 보관케 했다고? 유경은 가방에서 취재수첩을 꺼내 들었다. 시간 죽이려고 다른 데 가서 어슬렁거릴 일이 아니었다. 카페 '울보여인숙'의 주인으로 보이는 이 여자한테서도 얻어낼 정보의 양이 쏠쏠할 것 같았다. 자, 어디서부터 시작한담? 그래, 카페의 상호, 거기서부터 시작하자. 차와 술을 파는 집의 이름이 왜 여인숙이며, 그것도 하필 울보여인숙인지…….

김 노인은 부두에 즐비한 횟집을 그대로 지나쳐 시장통 뒷골목의 한 허름한 순댓국집으로 유경을 데려갔다. 사실 바다의 짠내를 맡은 후라 싱싱한 활어회를 떠올리며 입맛이 다셔지는 건 어쩔 수 없었다. 하지만 저녁식사를 뭐로 하겠냐는 김 노인의 물음에 예의상 아무거나 다 좋다고 대답할 때는 설마 그 '아무거나'에 순댓국이 포함되리란 생각은 못했다. 동해안 제일의 이 어항에서 서울서 온 객을 안내하는 음식점이 횟집이 아니라면 최소한 생선구이집 정도는 갈 줄 알았다. 그런데 순댓국집이라니! 유경은 적이 실망스러웠다. 아까 김 노인의 딸이 카페 2층의 살림집에 올라가 같이 저녁 먹자는 것을 사양하고 굳이 노인더러 밖에 나가서 자시자고 한 것이 후회가 될 정도였다. 딴에는 그래야 김 노인이 딸이 알고 있는 범위 너머의 얘기를 자유롭게 풀어낼 수 있으리란 판단에서 그런 거긴 했다. 아무래도 그는 딸 앞에서 얘기하길 꺼리는 게 있는 눈치였던 것이다.

상호도 없이 그냥 검정 페인트 글씨로 '순댓국'이라고만 유리문에 써놓은 그 국밥집은 어딘지 적산가옥 같은 느낌을 주는 낡은 시멘트 건물 1층에 있었다. 2층 벽에는 무슨 간판을 붙였다 뗀 흔적이 보였는데 닫혀 있는 반투명 유리창의 격자문살이 많이 망가진 채로 내버려둔 걸 보면 무슨 업장으로 사용되는 것 같진 않다. 미닫이문을 열고 들어서는 김 노인을 보고 앞치마를 두른 뚱뚱한 할머니가 졸린 표정으로 앉았다가 화들짝 반기며 하는 말이 유경의 호기심을 자극했다.

울보네 작은쥔 오셨수? 달세 받는 날인데 왜 안 나타나나 했더니, 손님 델구 저녁답에 오려구 그랬구만요.

작은쿤은, 무슨 맨날, 작은쿤! 누님 돌아가신 지가 언젠데 여태 작은쿤이야. 하긴 팔려고 내논 집이니 조만간 그놈의 작은쿤 노릇도 할래야 더 못 하겠지만…… 하여간 오늘은 손을 모시고 왔으니 국밥하고 순대나 좀 주소.

소주는?

두말하면 잔소리!

할머니는 사람 좋게 웃어 보이며 주방시설이 있는 듯한 나무 칸막이 뒤로 들어가더니 곧 뜨끈뜨끈한 국물 한 뚝배기와 소주부터 내왔다. 김 노인은 잔 하나를 채워 자기 앞에 갖다 둔 뒤 술병을 내려놓으려다 문득 생각난 듯 물었다.

기자 양반도 한 잔 하실라우?

예, 주시면 한 잔은.

할 수 있음 몇 잔 하시우. 내가 지금부터 해주려는 얘긴 정신 말똥말똥해서 듣기엔 너무 좀 기막힌 사연이니까.

유경은 재킷 윗주머니에 슬며시 손을 넣어 미리 준비해 둔 녹취기의 녹음 버튼을 눌렀다.

김 노인은 유경에게 소주를 채운 잔을 건네고는 이렇게 말문을 열었다.

그러니까 우리 애자, 아니 아이꼬 누님이 어떻게 해서 기영서 화백의 그림을 그렇게 많이 갖고 있다가 다 놓게 되었는지를 설명하자면 두 사람의 인연부터 얘길 해야겠구먼.

목구멍으로 술 넘어가는 소리가 꿀꺽 나더니 칠십 줄의 그 노인은 먼 옛날의 일을 기억해 내려는 듯 눈매가 아련해졌다.

노인의 이야기는 호흡이 길었고, 소주 세 병이 거의 다 비워지도록 이어졌다. 그것을 간략히 정리하면 대강 이런 형태가 될 것이다.

기영서 화백이 당시로는 가네야마 아이꼬로 불리던 김애자를 처음 만난 것은 1943년 겨울 학도병 징병을 피해 은신처를 찾고 있을 때였다. 그때 동경의 P 미술전문학교에서 동문수학하던 일본인 친구가 소개한 곳이 아이꼬의 집이었다. 아이꼬의 아버지 김준식은 1920년대 초반에 뭔가 신기술을 배울 작정으로 현해탄을 건넜다. 우여곡절 끝에 일본 여자를 아내로 맞게 된 그는 가네야마 준쇼쿠란 이름으로 개명하고 처가가 있는 나가사키에 정착하여 포르투갈식 제과 기술자로 살고 있었다. 기영서의 친구 역시 나가사키 출신으로 평소에 알고 지내던 가네야마 가족이라면 불안한 처지의 한국인 청년을 숨겨 줄 거라 생각한 것이었다. 기영서는 친구의 짐작대로 가네야마 일가의 도움으로 1년 남짓 편안하게 은신할 수 있었다.

1945년 초에 기영서는 부친이 위독하다는 전갈을 받고 급히 귀국했다. 바로 그해 여름 나가사키는 미국의 원폭 투하로 초토화되었고, 그 참극의 피해를 김준식은 결코 비켜가지 못했다. 아내와 집과 일터를 한꺼번에 잃은 그는 아이꼬만 데리고 서글픈 환향을 했다. 한 해 후 그는 고향인 원산에서 사내아이가 하나 딸린 과부와 재혼을 하여 양과점을 차리고 새 삶을 시작했다. 그 사내아이가 김산복으로 김애자란 한국 이름을 갖게 된 아이꼬와 함께 김준식의 새 호적에 올려졌다. 그러나 그들의 아버지는 오래 살지 못했다. 원폭 후유증과 정신적 상실감으로 심신을 많이 앓다가 동란 나던 그 전해 겨울에 불귀의 객이 되었고, 산복의 친모이며 아이꼬의 서모인 원산댁도 1·4후퇴 중에 병을 얻어 피난지 부산에 도착하고 얼마 후 남편의 뒤를 따랐다. 피를 나누진 않았으나 어쨌든 남매라는 관계로 엮어져 세상천지 의지할 데라곤 서로뿐인 산복과 애자였다. 그 남매는 부산 국제시장에 자리를 잡고 어깨 너머로 배운 아버지의 양과자 제조 기술을 어설프게나마 흉내내어 과자를 구워 팔았다.

해방 직전에 헤어진 이후 피차간에 생사를 모르고 지내던 기영서와 애자가 뜻밖의 재회를 하게 된 것도 그 과자팔이 일상이 가져온 우연이었다. 하루는 산복이 앓아누워 애자 혼자 과자통을 둘러메고 행상을 나섰다가 광복동 어느 다실 계단에서 어떤 남자와 부딪힐 뻔하며 마주쳤는데 그가 바로 기영서였다. 이때 애자는 스물네 살 숫처녀였고 기영서는 이미 한 여자의 지아비로 서른네 살이었다. 기영서는 귀국한 이후로도 은인인 가네야마 가족의 안부가 늘 궁금했었다. 그러던 차에 생각지도 못한 곳에서 어리게만 생각했던 그 집 딸이 성숙한 여자의 모습으로 나타나자 어떤 운명적 얽힘이 주는 전율을 느꼈다. 이미 집안에서 맺어 준 여자와 아들도 하나 둔 그였지만 일본 전통 인형처럼 앙증맞고 다정다감한 열 살 연하의 혼혈녀에게 무섭게 빠져들었다. 애자는 애자대로 외롭고 두려운 전란 속의 삶을 하루하루 살얼음 밟듯 살아가다가 한때 가족처럼 지냈던 영서를 만나니 길 잃은 철새가 겨울 보낼 둥지를 만난 듯 그의 품에 안겨 들었다.

기영서가 집안 일가와 처자식이 사는 경주와 애자 남매가 사는 부산을 오가며 지내기를 2년여, 전쟁은 마침내 끝났다. 모든 것이 제자리를 찾으려는 세상 흐름에 따라 그도 미술인들이 전란기에 집중적으로 모여들었던 부산을 떠나 서울로 일자리를 찾아서 올라가게 되었다. 그는 애자를 데리고 올라가고 싶었으나 수상한 낌새를 챈 집안 어른들이 처자식을 올려 보내 함께 살게 만들어 상황이 여의치 않았다. 그는 곧 그녀를 가까이 데려올 방도를 마련하여 내려오겠다는 언약을 남기고 떠났지만, 서울에서 그가 중심 인물로 활동하던 미술인 단체가 어처구니없는 정치적 모함에 걸려들어 옥고를 치르게 되는 바람에 그만 연락이 두절되고 말았다. 그러는 동안 애자 남매는 끈 떨어진 연처럼 되어 어찌할 바 모르고 있는데 이웃에서 여인숙을 하는 과부 아주머니가 자기 일을 도우며 함께 살자고 구원의 손길을 뻗었다. 머리가 영리한 데다 천성이 부지런하고 손끝이 야무진 애자가 수족처럼 살뜰하게 여인숙 일을 돌보자 주인 아주머니는 그녀를 수양딸로 삼았고, 그 덕분에 산복은 뒤늦게 공부를 하여 고등학교까지 진학도 할 수가 있었다.

기영서가 감옥에서 얻은 폐결핵을 치료하느라 절에 가서 요양을 하고 조금 회복이 되어 마침내 부산에 나타났을 때 애자는 그 사이 지병을 앓던 수양어머니가 세상을 떠나면서 물려준 여인숙을 정리하여 동생이 졸업 후 취직을 해간 동해안의 G 시로 이사를 가려던 참이었다. 남매는 서로 떨어지면 큰일나는 줄 아는 사이였기에 애자는 당연히 생활기반을 그곳으로 옮길 생각을 했으나 기영서가 행여 그새라도 자기를 찾아왔다가 헛걸음하게 될까 싶어서 차일피일 실행을 미루고 있었다.

7년 만에 다시 만난 그들은 부산에서의 마지막 밤을 다시없을 신혼 초야처럼 불태웠다. 다음날 아침, 기영서는 서울로 떠나면서 신문지에 여러 겹 싼 두루마리를 애자에게 건네주며 일렀다. 이번에 올라가면 기필코 주변 정리를 해서 석 달 안에 너를 꼭 데리러

올 테니 그때까지 어디 가지 말고 여기서 좀 기다려 줘. 이 그림들은 내가 그동안 온갖 악조건 속에서 고투하며 그린 것인데, 내 약속의 증표 삼아 맡기니 그대로 보관하고 있어 줘. 만일 내가 약속을 지키지 못하면 그때 가서 두루마리를 펴보고 난 다음 남김없이 태워 그 재를 바다에 뿌려 다오. 그리고 이따금 바다에 나가 날 생각하며 한 번씩 울어 주려무나.

비장한 말투와 달리 환한 미소를 지어 보이고 떠난 그는 다시 돌아오지 않았다. 아니, 돌아오지 못했다. 떠난 지 석 달이 다 되어 가던 어느 날, 서울 생활을 하며 다시 도진 폐결핵이 급속히 악화되어 병원 응급실에 실려 간 지 하루 만에 숨을 거두고 말았다.

신문에서 그 소식을 접한 애자는 그 길로 쓰러져 몸져누웠다. 수일 후 겨우 추슬러 일어난 그녀는 벽장에서 그가 주고 간 두루마리를 꺼냈다. 그 속에는 재질과 크기가 제각각인 종이에 그린 그림 50여 점과 서류봉투 하나가 들어 있었다. 애자는 그가 마지막으로 남긴 말을 떠올렸으나 차마 그것들을 태울 수가 없었다. 그래서 서류봉투는 따로 챙긴 다음 그 두루마리를 이불보에 다시 잘 싸서 이삿짐에 넣었다. 한 달 후 애자는 동생이 사는 곳으로 이사를 갔고, 가자마자 그 동네에서 일본인이 살았던 폐가 하나를 사서 수리하여 새로 여인숙을 차렸다. 그런 다음 직장에서 알게 된 여자와 교제 중이던 동생을 서둘러 결혼시켰는데, 신혼여행에서 돌아온 산

복의 색시에게 애자는 자기 뱃속에서 자라고 있는 생명의 어미가
되어 달라고 부탁했다.

여기까지 얘기하고 난 김 노인은 유경에게 그 아이가 누군지
짐작이 가냐고 물었다. 유경은 아까 카페 여자와 주고받은 말들이
있었지만 시치미를 떼고 되물었다. 혹시……아까 그 따님이? 김
노인이 유경의 잔에 술을 새로 채워 주며 고개를 끄덕였다.

맞소. 영애 걔가 사실은 내 조카인 게요. 기 화백이 누님한테 심
어 놓고 간 자식이고.

아……그럼, 본인도 아나요, 그 사실을?

한 번도 우리는 입 밖에 낸 적이 없고 걔도 입에 올린 적이 없지
만, 눈치가 어느 정도 알고 있는 것 같소. 기 화백 이름에 누를 안
끼치려고 누님이 그렇게 무던히 애를 썼지만, 이제 당사자들이 다
가고 없는 마당에 어찌한들 문제될 게 뭐 있겠소?

항간에 알려진 바론 기 화백의 아들은 아주 어려서부터 몸이
약해 골골하다가 스무 살을 못 넘기고 요절했으며, 그 부인은 아
들이 죽은 후 절로 들어가 공양주로 살다가 타계한 지 20년쯤 되
었다. 그렇다면 김 노인의 딸이자 조카인 김영애가 기 화백의 유
일한 상속자가 아닌가. 김애자는 딸이 아버지 없이 살아가게 하고
싶지 않아서 동생의 자식으로 만들었을 테지만, 만일 딸이 기 화

백의 자식임을 증명할 방법이 있었다면 달리 처신했을지도 모른다. 지금까지 알려진 기 화백의 그림들은 모두 합해야 30점 미만으로, 김애자가 지니고 있었다는 50여 점이 진품으로 드러나면 미술품 유통 시장에 일대 혼란을 초래할 소지가 있었다. 그만큼 기 화백은 근현대 한국 미술사에서 가장 독보적인 세계를 개척한 작가의 한 사람으로서 지난 반세기 동안 작가적 가치가 상승일로의 평가를 받아온 데다, 남긴 작품의 수량이 매우 한정적이라는 희소성이 가세해 부르는 게 값일 정도로 거래가가 치솟고 있는 화랑계의 에이스 상품이었다. 이런 정황에서 50점이 넘는 그의 미발표작들이 유통된다면, 경매나 화랑 중개를 통해 거래 중이거나 거래 예정인 그의 작품 가격은 당연히 떨어질 테니 환매 차익을 노리고 투기성 거래를 하려던 화상이나 개인 투자자들이 좋아할 리 만무한 것이다.

그러한 미술계 내막을 모르고 살아왔을 김애자는 타계하기 몇 해 전 화랑계의 큰손 장경수 사장에게 그림을 넘겼다. 텔레비전 프로에 나온 그를 보고 연락한 것이었다. 카페 여자가 말하기론 그때 그림을 두루마리째 넘기고 받은 돈으로 지금 카페가 있는 해안로 언덕에 땅을 사들이고 집을 지었다고 했다. 천하의 장사꾼 장경수 사장이 그 많은 그림들 값을 시세대로 다 쳐서 줬을 리는 없고 도대체 얼마나 준 것일까? 유경은 대화의 맥락과는 상관없이 불쑥 궁금증이 일었다.

그 그림들을 다 넘겼다면 상당한 거액을 수중에 넣었을 텐데 누님께서 그 집 산 거 외에 다른 데 투자하신 건 없나요?

뭐, 없지. 받은 대로 달랑 다 털어 그 집을 지었으니까.

예? 그게 다라구요? 그 집 짓는 데야 5억 이상 들었을 것 같진 않은데…….

5억은 무슨……2억 조금 더 들었나, 그랬소. 지금이야 많이 올랐지만 한 오 년 전만 해도 그쪽 땅값이 그리 안 비쌌거든. 대신에 집 짓는 데 돈이 많이 들어갔지. 당신으로선 이 일대에서 제일 잘 지은 민박이었거든. 그래 봤자 누님 가고 난 후 숙박 치는 일에 덧정 없어진 영애 걔가 싸그리 뜯어고쳐 물장사나 하고 있지만 말이오.

김 노인은 자신의 술잔도 새로 채워 홀랑 들이켜더니 순대 한 점을 입에 넣고 우물거리며 뭔가 생각을 가다듬는 눈치였다. 그러는 사이 식당 할머니가 김이 펄펄 오르는 국밥을 내왔다. 좀 들우, 식기 전에. 노인이 권했다. 네, 어서 잡수세요. 유경은 평소 별로 즐기지 않는 순댓국이라 구미가 당기지 않았지만 몇 숟갈 뜨는 시늉을 하며 아까 카페에서 여자가 노인이 오기 전에 해준 얘기를 떠올렸다.

남자 집안의 반대를 무릅쓰고 감행되었던 결혼이 결국 파경을 맞아 2년 만에 이혼녀가 되어 친정에 돌아온 그녀는 자연히 고모의 숙박업을 도우며 살게 됐는데, 여인숙을 하면서 험한 일을 많이 겪자 진저리가 나서 민박업으로 바꾸자고 고모를 졸랐다는 것이다. 이미 그때는 오랜 세월 함께 살며 큰 일손이 돼주었던 동생처도 서울 아들네로 가버리고 없는 터라 고모도 힘에 부쳐 하는 상황이었다고 한다. 한데 기존의 여인숙 건물은 너무 구식인 데다 위치도 관광성이 없는 시장 뒷골목이라 집을 새로 마련해야 한다는 데 결론이 모아졌다. 하지만 고모는 그 집을 팔기를 원하지 않았다. 수십 년 정성들여 가꾸며 향수를 달래 온 뒤뜰의 일본식 정원이 주는 위안과 언제든지 내키면 배를 빌려 타고 바다에 나가 실컷 울다 올 수 있는 부둣가를 코앞에 둔 위치적 조건에 대한 미련을 떨치기가 쉽지 않았던 것이다.

고모는 그 동리로 이사 온 삼십대 초반부터 칠순을 넘겨서까지 바다에만 나가면 내장되어 있던 무슨 전자동 장치라도 작동한 듯 격한 오열을 터뜨리며 눈물바람을 일으켜서 배 모는 사람들을 놀라게 했는데, 주위에서는 오랜 세월 어김없이 그러는 걸 봐오다 보니 나중에는 으레 그러려니 하고 신경 쓰지 않았다고 한다. 울보여인숙이란 이름도 그래서 생겨났다고 한다. 사람들이 그 집을 울보네, 울보네, 하고 부르다 보니 상호가 따로 없었던 그곳이 어느 시점부터 아예 울보여인숙으로 불렸고, 고모도 관공서의 문서 등에 상호를 명시해야 하는 칸에 울보여인숙이라고 적어 넣게끔 되었다. 김 노인의 얘기를 듣고 나니 그녀가 그토록 울음을 멈추지 않았던 연유가 조금 이해가 될 것 같았다. 유경은 문득, 그 울보 할머니가 팔지 않고 둔 여인숙 건물이 지금 이 순댓국집이 있는 곳이 아닐까, 하는 생각이 스쳤다. 그것을 물어 보려는데, 한동안 말없이 국밥 먹는 데 열중해 있던 노인이 다시 입을 열었다.

얼마 전에 그, '미래옥션'인가 하는 데서 경매 나온 기영서 화백 작품 넉 점 말이오. 그게 사실 우리 누님이 갖고 있던 두루마리에서 나온 그림들이거든. 누님이 심심하면 한 번씩 펼쳐 보곤 해서 난 여러 번 구경했단 말이요. 다른 사람은 아무도 안 뵈줬지, 심지어 영애한테도. 아마 걔한테 뵈주면 그게 그래도 대학물 먹은 아이라 어째서 그 유명한 기 화백 그림을 고모가 갖고 있냐고 추궁할까 봐 두려워 그랬을 거요. 아무튼 누님과 나는 그 그림들의 색채며 선의 모양이 지금도 대충 기억날 정도로 하나하나 자세히 들여다보곤 했다오.

그런데 그 두루마리를 가져간 장경수 사장이란 자가 그걸 어떻게 내돌렸길래 그 그림들이 위작 시비 따위에 휘말리게 된 건지, 원! 서울서 횟집 하는 우리 아들애한테 좀 알아보랬더니, 저 살기 바빠서 그런 거 알아보고 다닐 새가 없다며 기껏 해준다는 말이, 최근에 그 사건에 대한 특집 기사를 낸 〈투데이 Q〉란 시사월간지가 있다는데 시내 서점에 나가 그거나 사보라는 거요. 그래서 당장 가서 그걸 사보고 잡지사에 전화를 했지. 편집주간인가 하는 이를 바꿔 주길래 그 문제의 그림들을 원래 소장했던 사람의 동생인데 알려줄 게 있다고 얘기했더니 이렇게 득달같이 기자를 보내 줬구만. 내 전화를 의도적으로 안 받은 게 분명한 장경수 그자를 굳이 찾아가지 않기를 잘 했다는 생각이 드는 게…….

유경은 취재를 시작한 지 시간이 꽤 흘렀는데 중요한 포인트가 아직 잡히질 않아 슬슬 조바심이 나기 시작했다. 술기운이 도는지 김 노인이 이야기의 핵심에서 자꾸 빗나가는 듯 느껴져 그녀는 취재의 고삐를 다잡을 의도로 말을 끊으며 질문 공세를 펼쳤다.

우리 잡지에 알려 주려 하셨던 게 누님과 기 화백의 관계인가요? 아님, K 화랑의 장경주 사장이 그림 값을 터무니없이 낮게 처주고 싹쓸이해 간 일에 대해선가요? 그때 주고받은 매매 계약서 같은 건 남아 있나요? 혹 배상 청구라도 하시려면 물증으로 쓸 뭔가가 있어야 할 텐데…….

효과가 있었다. 노인은 정신이 번쩍 드는 듯 언짢은 표정을 지으며 거칠게 받아쳤다.

배상 청구? 허, 그게 대체 무슨 얘기요! 뭘 오해한 것 같은데, 내가 당신네한테 연락한 것은 그림 값을 덜 받았네 어쨌네 하는, 돈 얘길 하려던 게 전혀 아니란 말이요. 누님 역시, 장 사장한테 그림을 넘기기로 작정했을 때 그 대가로 얼마를 받아야겠다는 계산 따윈 없었소. 그 사람이 우리나라에서 제일 유명한 화랑을 운영하고 문화계의 마당발이라니까 오랜 세월 자신의 망설임 때문에 묻혀 있던 그 작품들을 뒤늦게나마 제대로 빛 보게 해줄 거라 믿었기에 그냥 넘겨주고 사례비조로 건네는 돈을 굳이 거절할 이유도 없어 받아 온 거란 말이오. 헌데 보시오. 그자가 그새 그 그림들로 전시회를 열기를 했나, 그런 그림들이 입수됐다고 언론을 통해 알리기를 했나, 혹 더러 팔았다면 누구누구가 어떠어떠한 작품을 소장하고 있다고 공개하기를 했나……그냥 아무 일도 없었다는 듯 꿩 귀먹은 소식이다가 엉뚱한 데서 그 그림들이 경매에 부쳐져 나왔단 말이오. 거기다 그 멀쩡한 진품들을 갖고 위작이니 뭐니 트집 잡는 패거리들이 있어 법정소송까지 붙게 됐다니, 내가 그 사태를 어찌 가만히 보고만 있을 수 있겠소! 진품이 있어야 위작도 만들 수 있을진대 한 번도 발표되지 않은 작품들을 어떻게 위조할 수 있었다는 건지, 원……쯧쯧.

상고 출신으로 수산조합에서 민원계 일을 오래했던 사람이라 겉보기보다 논리적이었다. 유경이 조심스레 다른 관점을 제시했다.

저어, 장 사장이 직접 위작 제조에 개입했다면 가능한 일일 수도…….

그 사람이 왜? 진품을 다 확보한 사람이 뭣때문에 그러겠소?

상품, 아니 작품 가격 급락을 예방하기 위해서죠. 수급 조절을 해야 기존의 가격이 유지될 테니까요. 아마도 누님께서 넘기신 그 작품들은 절대 한꺼번에 공개되지 않을 겁니다. 수년에 걸쳐 야금야금 조금씩 감질나게 유통시키겠지요. 화상들의 공생 원칙이라고나 할까요.

노인은 눈을 크게 떴다. 한참을 멍해진 얼굴로 술잔을 만지작거리며 앉았던 그는 이윽고 무슨 결심을 한 듯 양손을 깍지 껴서 우두둑 소리 나게 꺾더니 점퍼 안쪽을 더듬으며 말했다.

사실 많이 망설여 댔는데, 결국 보여주게 되는구먼. 자, 기자 양반, 이 봉투 안에 내가 그냥 말로만 설명하고 끝내려 했던 것이 들어 있소. 직접 보고 나서 무슨 생각이 드는지 얘길 한번 해보시요.

비수기 동해안의 관광호텔은 적막하리만치 한산했다. 유경은 밤이 되면서 굵어진 빗줄기가 기타의 슬랩 베이스처럼 두드려 대고 있는 유리창 너머의 어둠을 우두커니 내다보았다. 그날 하루 취재한 것을 전체적으로 정리해 두려고 창가 탁자에 노트북을 가져다 놓고 앉았으나 아까 식당에서 본 그림이 자꾸 떠올라 집중이 되질 않았다. 얼마나 파격적인 에로티시즘인가! 그 시절 우리 사회에서 남녀간의 성애를 그토록 과감하게 표현한 예술가가 있었다는 게 믿기지 않았다.

김 노인의 품에서 나온 손때 전 낡은 한지 봉투에는 한 장의 편지와 함께 누르스름하게 변색한 옥양목 천 위에 물감과 도구가 뭔지 모를 검은 선으로만 그려진 기이한 형태의 드로잉 한 점이 들어 있었다. 그 이미지를 말로 정확히 환치하기란 불가능한 일인 듯했다. 알몸의 남녀가 마주보며 X자로 엉켜 과장되게 돌출되거나 패인 모양의 성기를 교합하고 있는데 그들의 배꼽 위로 모락모락 연기 같은 것이 솟아오르고 그 두 줄기 연기가 가슴께서 만나 기다란 꽃띠로 변하여 두 사람의 머리 위로 솟구쳐 세 바퀴를 빙빙 돌고 나서 검은 나비로 변해 날아가는, 그 기묘한 설화적 구성이라니! 그것은 흑백 이미지인데 이상스럽게도 현란한 색채감이 느껴지는 그림이었고, 춘화로 분류해도 될 정도로 적나라한 성적 표현이 되어 있는데도 인도의 탄트라 불화처럼 어딘지 신성한 분위기마저 감도는 그림이었다. 유경이 알고 있는 바로, 기영서 화백은 모더니즘 1세대 작가로서 추상미술의 기수로 평가받는 사람인데 그 그림은 뜻밖에도 야수파적 화풍을 보이고 있었다. 부모님의 침실을 엿보다 들킨 것마냥 두근거리는 가슴을 진정시키며 작가의 사인을 찾아 꼼꼼히 살펴보고 있는 그녀에게 김 노인은 바스러질 듯 얇은 백로지로 된 편지를 펼쳐 보이며 그것이 헛수고임을 알려 주었다.

여길 보오. 그 양반은 사인을 따로 안 했소. 대신 이 검정 나비를 사인 삼아 그려 넣은 듯하오.

펜글씨로 스무 줄 남짓 써내려간 편지글 말미엔 과연 그림의 것과 똑같은 나비가 조그맣게 그려져 있었다. 유경이 좀 더 자세히 보려니 노인은 그것을 얼른 접어 봉투에 도로 넣고 품에서 또 다른 종이 접은 것을 꺼냈다.

너무 낡아 망가질까 싶어 복사를 한 통 해뒀다오. 이걸로 읽어 보시우.

띄어쓰기 없이 써서 거리를 두고 보면 열차 칸을 이어 놓은 것처럼 보이는 네모지고 각진 글씨들은 그의 대표작들에 나오는 기하학적 문양과 흡사한 느낌을 주었다. 그 사실만으로도 유경은 기영서 화백의 육필을 접하고 있다는 확신으로 감격스러웠다. 반세기 전에 한 이름없는 혼혈 여인 앞으로 쓴, 그 요절 예술가의 편지는 자신의 종말을 예감한 불우한 영혼의 초조한 열정으로 가득 차 있었다. 군데군데 일본어가 섞여 있어 완전히 이해하진 못했으나 그 내용은 대략 이렇게 읽혔다.

나의 첫 사랑이며 마지막 사랑인 아이꼬,
너에게 나의 모든 걸 맡기고 떠난다.
내가 약조한 대로 돌아오지 못하여 네가 이 편지를 뜯어보게 될 때
나는 이미 너와 한세상에 있지 않을 것이다.
그때는 내 마지막 열정을 다 쏟은 이 그림들의 운명도

나와 함께 해야 할 것이며, 네가 그렇게 해주리라 믿는다.

그것들로 인하여 네가 나의 가족을 비롯한 다른 세계 사람들과
분란에 휘말리는 걸 원치 않기 때문이다.

어차피 그들은 나의 그림을 이해하지 못하여 귀히 여길 줄 모른다.

하지만 머지않아 이 그림들이 크게 평가받을 날이 올 것이며
그때에는 사람들이 그것들을 모두 돈으로 생각하여
나의 그 분신들을 놓고 아귀다툼을 벌일 것이다.

나는 그것을 원치 않기 때문에
이 그림들이 내가 이 세상을 떠나게 되면
나와 함께 사라지기를 바라는 것이다.

그러나 내가 살아서 너에게 돌아오면
그때는 그 누구도 신경 쓰지 않고
오직 너와 내 예술만을 어여삐 돌보며 살 것이다.

이 작은 그림은 만약의 경우를 생각하여 나의 분신 삼아 너에
게 두고 간다.

우리의 사랑은 짧았으나 순열純烈했고 이 그림에서처럼 영원을
향해 있었다.

네가 그 사랑을 기억해 준다면 어디에 있든 내 영혼이 외롭지
않을 것이다.

— 너의 000 00 000

글쎄요……. 편지를 접으며 유경이 김 노인의 의견을 물었다.

검은 나비란 게 두 분 사이에서 쓰던 애칭 같은 건지는 모르겠지만 그림에 나오는 검은 나비와 의미가 같은 걸까요?

노인이 목청을 돋우어 대꾸했다.

같은 거구말구! 일본에서 누님이 그 양반을 불렀던 별명이 '구로이쬬오 오니상' 즉 '검은 나비 오빠'였다드만. 늘상 자기 몸에 너무 큰 헐렁한 검정색 셔츠를 입고, 얘기할 때는 긴 팔을 들썩거리곤 해서 꼭 검은 나비가 날갯짓 하는 거 같아 보였대요.

유경은 그림에 나오는 나비는 뭔가 상징적 의미가 더 있는 것 같이 생각되었지만 일단 노인의 말에 고개를 끄덕여 수긍해 보이고 그가 봉투 속의 내용물을 보여주기 전에 요구했던 기자로서의 솔직한 소감을 털어놓았다.

먼저, 이 편지나 그림만 갖고는 이것들을 기영서 화백이 쓰고 그렸다는 사실을 객관적으로 증명하기 어렵다는 게 제 소견입니다. 그림의 화풍이 현재까지 알려진 기 화백의 작품들과 현저하게 다른 데다 편지와 그림 어디에도 기존에 알려진 작가의 사인이 없다는 점도 그렇습니다. 물론 전문가의 세밀한 감정을 받아 보면 그림에서 작가의 화법적 특징이 발견될 수도 있겠고, 다른 사람이 소장하고 있는 그분의 서한이나 원고가 있으면 필적 대조를 통해 편지글의 필체가 본인의 것으로 밝혀질 수도 있겠지요. 그 결과야 어떻든 이 자료들이 알려지면 세간에 큰 화제를 일으키리란 건 분명합니다. 요절 천재 작가와 내연의 이국녀……뭐 이런 것들이 대중에게는 큰 흥밋거리가 되니까요. 그러니까 그 자료들을 공개하느냐 마느냐를 고민하고 계셨던 거지요? 〈투데이 Q〉에 그 해묵은 비밀을 공개함으로써 누님께서 장경수 사장에게 넘긴 그 그림들이 진품이라는 것을 밝힐 작정이셨는데, 막상 제가 취재를 와서 얘기를 나누다 보니까 망설여지시는 거 아닌가요? 섣불리 나섰다가는 도매금으로 사기꾼 취급 당할 수도 있겠다, 이런 염려가 되시는 게…….

유경은 말을 멈추지 않을 수 없었다. 김 노인의 취기로 붉어진 눈에서 몹시 착잡한 심기가 읽혔기 때문이었다. 그 눈빛에 당황한 유경이 취재도구를 주섬주섬 챙기며 그만 일어서려는 뜻을 보이자 그는 선선히 동의하고는 식당 할머니를 불러 계산을 치렀다. 그들은 호텔로 가는 큰길까지 침묵 속에 함께 걸어 나왔다. 유경이 정중히 머리 숙여 인사하며, 더 얘기해 줄 게 생각나면 내일 오전 중에 연락을 달라고 하니 노인은 가볍게 고개를 끄덕여 보인 후 먼저 뒷모습을 보이며 휘적휘적 멀어졌다. 빗방울이 해안로 가로등 불빛에 반사되어 그의 검은 우산 위로 투명막을 씌우듯 흩뿌려지는 걸 잠시 지켜보다가 유경은 호텔로 돌아왔다.

유경은 탁자 위에 펼쳐 놓았던 취재노트를 덮고 침대로 가 벌렁 드러누웠다. 창밖의 빗소리는 이제 세찬 드럼 연주로 변해 주변의 모든 소리를 압도하고 있었다. 천장에 무늬져 있는 작은 얼룩이 비 때문에 못 나가고 방에 갇힌 검은 나비처럼 보였다. 그는 그림에 왜 하필 검은 나비를 그려 넣었을까? 흰 나비, 호랑나비 다 놔두고……. 검은색은 죽음을 상징하기도 하니 그는 자신이 얼마 살지 못할 거란 걸 미리 알았던 것일까. 돌아올 것처럼 말은 했지만 속으론 삶에 대한 희망을 접은 상태에서 김애자를 최후의 감상자로 정하고 그림을 맡겼던 걸까. 그녀는 그 그림들을 혼자 들춰보면서 무슨 생각을 했을까? 어쨌든 세상의 빛을 못 보고 완전히 사라질 뻔한 그 작품들의 운명이 무척 안타까웠을 것이다. 그러기에 뒤늦게나마 그것들이 세상에 제대로 알려질 수 있는 길을 모색하다가 장경수 사장과 선이 닿았을 것이다.

김 노인 또한 누이의 뜻이 제대로 이행되는 것을 보고 싶었을 것이다. 한평생 혼인도 하지 않고 가슴 아픈 옛 사랑의 추억 속에 낮달처럼 빛바랜 생을 살았던 그 여인이 처음이자 마지막으로 세상에 자신을 드러내며 단행했던 그 일이 허무하게 돌아갈까 두려웠을 것이다. 사랑하는 사람의 유지를 어겨 가면서까지 그녀가 각고의 세월 동안 고스란히 지켜 온 그의 분신들이 세상의 허망한 평가에 희생되는 것을 그냥 두고 볼 수가 없었을 것이다. 그래서 망설임 끝에 기 화백의 마지막 그림과 편지를 세상에 내놓아 그가 연인에게만 알리고 간 세상에 대한 생각을 알리려 했던 것이리라.

하지만 그 증거물들은 그의 의도와 달리 사태를 도리어 악화시킬 요소를 내재하고 있지 않은가. 선정성과 신파성에 항상 목말라 있는 대중문화의 뇌선을 건드릴 소지가 충분 그 이상이었다. 일이 그 방향으로 삐딱선을 타게 되면 미발표작 전면 공개를 통해 기 화백 작품세계에 대한 새로운 평가와 연구가 이루어지기를 바랐던 김 노인 남매의 뜻과는 달리 이상한 상황이 벌어질 수도 있다. 온통 로맨스와 에로스 담론으로 들끓을 대중 저널리즘의 아우성 속에서 장경수 사장이 가져간 진품들은 몸값의 안정을 위해 비밀 금고로 숨어드는 한편 그 공백을 파고드는 위품들로 말미암아 한동안 위작 시비가 꼬리를 물고 일어날 가능성이 있는 것이다.

〈투데이 Q〉에서 김 노인의 증언과 자료를 요리하여 화려한 특종을 낸들 무슨 소용이 있을까? 결국 장경수 사장 본인이 작품 인수 사실을 시인하지 않는 한, 김 노인은 그의 누이의 뜻이 실현되는 것을 보기 어려울 것이다. 그렇다면 기 화백의 숨겨졌던 사생활을 이제 와 새삼 들춰내어 대중에게 소모적인 가십거리나 제공할 이유가 뭐란 말인가.

유경은 불현듯 자신의 임무에 대한 회의가 일었다. 실제로 김 노인은 아까 헤어질 적에 몹시 혼란스럽고 불안정한 기색이었던 걸로 봐서 내일 혹은 언제라도 자료 공개 의사를 전격 철회할 가능성이 있음을 기자의 육감으로 알 수 있었다. 그럴 경우 녹취한 것만 가지고 기사를 작성해야 할 터, 특종은 물 건너가게 될 것이다. 유경은 자신이 차라리 소설가였더라면 싶어졌다. 두 사람의 아름답고 안타까운 사랑 이야기를 실증적 자료에 관계없이 상상의 힘을 빌려 자유롭게 그려보고 싶은 욕망이 일었다.

하지만 그녀는 임무를 받고 왔고, 어떻게든 증거 자료로 삼을 만한 것을 확보해 가야 했다. 정 안 되면 어디서든 쪼가리 정보라도 끌어모아 편집 의도에 맞는 자료를 비슷하게 조합해 내야 하는데, 그 근성이 부족하여 고전하다가 현장 기자 8년차에 뒷방으로 물러났던 것이다. 그때 언론인 출신 시인 할아버지는 그녀에게 차제에 창작의 길로 들어설 것을 권했었다. 애야, 너는 그 바닥에서 살아남기엔 심성이 너무 고지식한 것 같구나. 심성은 고지식해도 정신이 자유로우면 할 수 있는 일이 창작이란다. 한데 자신은 여태껏 남이 취재해다 놓은 자료로 기사 대필이나 해주는 이도저도 아닌 인생을 살고 있는 것이다. 휴우— 길게 한숨을 쉬고 난 유경은 침대에서 일어나 다시 창가로 가 앉았다. 그녀는 흔들리는 마음을 다잡으려 머리를 부여잡고 생각을 모았다.

어쨌든 뭐라도 손에 넣고 올라가야 해. 만약의 경우를 위해 당사자들의 딸, 김영애라도 만나 보는 게 좋지 않을까? 내일 김 노인이 '불공개' 쪽으로 마음을 정하면 그마저도 못 하게 할지 모르니, 지금이라도 그 카페로 가보는 게 어떨까? 전화도 하지 말고

들이닥치는 게 낫겠어. 미리 알면 두 사람이 뭔가 얘기를 짜맞춰 둘 수도 있을 테니. 낮에 메뉴판에서 본 기억으론 폐점 시간이 밤 10시였던 것 같은데, 아무리 비수기지만 명색이 관광지 카펜데 영업 시간은 지킬 테지. 아직 한 시간 정도 남았으니 얼른 가보자.

유경은 서둘러 취재도구를 챙기고 겉옷을 걸쳤다. 다행히 폭우 속 운전을 걱정하지 않아도 될 만큼 빗줄기는 그 사이 많이 가늘 어져 있었다.

제방 둑 위에 쭈그리고 앉아 담배를 피우고 있는 김영애를 바라보며 유경은 대책 없는 심정이 되었다.

이 상황을 어떻게 그 사람들에게 설명할 수 있을까? 또 애써 설명한들 그들이 이해하려 들까? 유경은 〈투데이 Q〉의 국장을 비롯한 편집국 사람들 얼굴이 하나하나 떠오르며 그들이 내뱉는 분개와 비아냥의 아우성이 눈앞의 바다가 내는 파도 소리마저 잠 재우고 귓전을 강타하는 환청에 진저리를 쳤다. 어떻게 했길래 다 잡은 고기를 그렇게 놓칠 수가 있어? 수년에 한 번 만날까 말까 한 월척을 말이야! 낚싯대에 걸렸다며? 혼자 끌어올릴 힘이 모자라면 지체 없이 도움을 청했어야지. 하시라도 대기조가 출동한다는 거 몰라? 어쩌자고 꾸무럭대다 그게 빠져나가게 하냐 말이야. 그것도 완전히 공중분해돼서 흔적조차 안 남게 말이야. 박유경,

너는 이제 아웃이야! 아웃, 아웃, 아웃…….

그러나 유경은 왠지 자신이 서울에 돌아가면 치르게 될 곤욕보다 당장 눈앞에서 느껴지는 가엾은 여자의 상심이 더 마음 쓰였다. 그녀의 한 번도 보지 못한 생부와 한 번도 어머니라 불러 보지 못한 생모의 마지막 흔적은 한 줌 재가 되고 말았다. 이로써 김영애라는 한 인간이 유래한 진짜 뿌리를 밝힐 수 있는 기회는 영원히 사라져 버렸다. 이혼 후 고향에 내려온 뒤 우연히 엿들은 집안 어른들의 대화에서 자신의 출생 내력을 대강 눈치채게 됐지만 워낙 단호한 김애자의 태도 때문에 한 번도 표현할 엄두를 못 냈다고 하지 않았는가. 그래서 고모가 배를 타고 바다에 울러 나가면 자기도 갯바위에 앉아 내도록 울었다지 않는가. 고모가 죽고 난 후 유품을 챙겨 놓은 보따리에서 아버지 모르게 훔쳐본 기 화백의 편지와 그림이 세상에 알려지면 자신도 그 이름난 예술가의 자식으로서 새로운 출발을 할 수 있으리란 막연한 기대를 갖고 살아왔다고 하지 않았는가.

유경이 취재 의지를 새로이 다지며 카페에 도착했을 때, 김 노인은 이미 나간 뒤였고 텅 빈 홀에서 김영애가 테이블에 엎드려 울고 있었다. 피차간에 놀라 잠시 어쩔 줄 모르다가 유경이 목례를 하고 도로 나가려 하니 그녀가 일어나 다가왔다.

고모의 유품에 대해 말씀 들으러 오셨죠?

네. 아까 김 선생님께서 얘기해 주신 것에 뭣 좀 더 보충할 게 있을까 해서요.

그러시겠지요. 헌데, 이젠 늦었군요. 그 문제의 유품 자체가 사라졌으니.

네에? 뭐가 사라졌다는 건지…….

기영서 화백의 편지와 그림 말예요. 아버지가 좀전에 태워 버리셨어요.

아니……어떻게 그럴 수가! 아까 저녁에 저한테도 보여주시더니…….

저도 뭐가 뭔지 모르겠어요. 가슴이 답답해 죽겠는데 우리 밖에 나가서 얘기할까요?

김영애는 조금 진정이 되는지 유경을 길 건너 바닷가로 이끌었다. 비는 이미 그쳐 있었으나 제방이나 바위는 온통 젖어서 앉을 만한 형편이 못 되었다. 그녀는 개의치 않는 듯 둑 위에 주저앉아 담배를 붙여 물고 길게 한 모금을 내뿜은 후 그 사이 무슨 일이 벌어졌는지를 전했다.

한 시간 전쯤 침통한 표정으로 카페에 돌아온 김 노인은 폐점 준비를 하는 그녀에게 무슨 말인가를 할 듯 말 듯 머뭇대다가 그냥 이층으로 올라갔는데 잠시 후 사기 그릇 하나를 들고 내려와서 그 안에 담긴 재를 보이며 이렇게 말했다고 한다.

세상에 나가면 네 고모와 그 양반을 욕되게 할지 모를 그 화근을 태워 없앴으니 그렇게 알아라. 나는 지금 나가서 네 고모의 유해를 뿌린 그곳에다 이 재를 뿌리고 오겠다. 그리고 한 가지 당부한다. 너는 이제껏 그래 왔던 것처럼 앞으로도 내 딸이고 서울에 올라가 있는 네 어미의 딸이다. 더 이상 알려고도 하지 말고 알고 있던 것도 다 지워 버려라. 그것이 돌아간 그 어른들의 혼을 평안케 하는 길이라는 걸 이 아비가 오늘 깨달았다. 달리 오해 말고 아비의 뜻을 따라 다오.

김영애는 그 이야길 하면서 눈에 또 눈물이 차올랐다. 좀 있으면 아버지의 배가 바다 한가운데로 나가는 게 여기서도 보일 거예요. 유경은 슬퍼하는 여자를 위로하고 싶어 그녀의 등에 손을 얹었으나 아무 말도 할 수가 없어, 하릴없이 작별을 고하고 돌아섰다.

차 세워 둔 곳으로 건너가던 유경이 돌아보니, 가로등 불빛을 등지고 앉은 김영애의 모습이 마치 비에 젖어 날개를 접은 채 떨고 있는 한 마리 검은 나비처럼 보였다. 잠시 후 차에 오른 유경의 시야에 검푸른 밤바다를 가로지르며 깜빡이는 불빛이 들어왔다. 통통배 한 척이 꽤 빠른 속도로 바다 한가운데로 나아가고 있었다.

거품과 눈물

김 혁

사내의 죽음은 즉시 경찰에 신고되었다. 그리고 사태가 복잡하게 전개되어 나갔다. 요양병원 내에서 사망한 경우라면 문제가 간단했다. 평소 지병도 있었고 건강 상태도 매우 나빴던 터라 병사로 처리하면 그만이었다. 그러나 외부에서 사체로 발견되었기 때문에 엄연한 사망 사건으로 접수되면서 철저한 수사가 시작되었다.

1

몹시 춥고 쌀쌀한 아침. 모든 것이 꽁꽁 얼어붙어 조용하기만
하다. 조금 전 막 떠오른 태양도 모처럼 찾아온 강추위에 잔뜩 움
츠리고 있다. 날씨가 맑은 데다 바람이 전혀 없어서 대기가 유난
히 투명하게 느껴진다. 잠시 세상의 모든 불행과 퇴폐마저 얼어붙
은 듯한 평화로움과 함께.

인구가 4, 5만 정도밖에 되지 않는 지방 소도시의 한 초등학교
운동장. 언 땅 위로 서리가 소금밭처럼 무성하게 깔려 있는 텅 빈
운동장 한가운데 웬 사내가 팔을 대자로 벌리고 누워 있다. 이 추
운 겨울 아침에 얇은 환자복만 달랑 걸친 채. 얼핏 보면 운동을 열
심히 한 뒤에 편안하게 휴식을 취하고 있는 것처럼 보인다. 그러

나 한참이 지나도록 입김은커녕 미동도 하지 않고 있는 걸로 봐서는 이미 숨이 끊어진 게 틀림없다.

옷에 씌어 있는 글씨를 보니 걸어서 5분 정도 걸리는 근처 요양병원의 환자다. 나이는 대략 50대 초반. 굵고 지저분한 수염으로 뒤덮인 거무스레하고 수척한 얼굴. 얼마나 노심초사하며 살았는지 이마와 미간에는 굵은 주름이 잔뜩 패여 있고, 그리 크지 않은 환자복이 헐렁할 정도로 깡마른 체구를 하고 있다. 한눈에 봐도 오랫동안 병고와 가난에 시달린 요양 환자다.

그러나 입가에는 뜻밖에도 넉넉한 미소가 어려 있고, 꼭 감은 눈에서 흘러내린 눈물 몇 가닥이 얼어붙어 햇살에 반짝이고 있다. 생의 마지막 순간에 비로소 속되고 허무한 세상의 모습을 완벽하게 깨닫기라도 한 것일까, 아니면 무겁고 고통스러운 삶의 굴레를 마침내 훌훌 벗어 버리게 된 홀가분함 때문일까. 미처 살지 못한 생의 여백마저도 자신의 삶으로 받아들인 듯 보이는 그의 마지막 미소에서 감히 행복한 눈물이라 해도 좋을 듯한 평화로움마저 느껴진다.

긴 방학에 들어간 초등학교 운동장은 개미 새끼 하나 없이 쓸쓸하고 고즈넉하기만 하다. 그렇게 얼마간 시간이 흘러 언 땅 위의 서리가 다 걷히고 햇살이 본래의 위엄을 갖출 무렵, 당직 교사가 출근을 하다가 누워 있는 사내를 발견하고는 화들짝 놀라서

119에 신고를 했다. 곧이어 요란한 사이렌 소리와 함께 119 구급차가 도착했다. 구급차에서 내린 요원들은 사내에게 다가가 잠시 살펴보고는 이미 온몸이 뻣뻣하게 굳은 사내를 근처 요양병원으로 급히 이송했다.

요양병원에서는 난리가 났다. 지난밤까지만 해도 병실에서 얌전하게 잠자고 있던 환자가 아침에 이렇게 변사체로 발견됐으니 병원 전체가 발칵 뒤집힐 만도 했다. 새벽 시간에 잠깐씩 조는 일이 있기는 하지만, 전문 간병사가 밤새 뜬눈으로 자리를 지키는 가운데 벌어진 일이라서 그야말로 환장할 노릇이었다. 더욱 기가 막힌 것은 사내가 오래전부터 휠체어 없이는 한 발짝도 옮길 수 없는 하지 마비 환자였던 것이다.

사내의 죽음은 즉시 경찰에 신고되었다. 그리고 사태가 복잡하게 전개되어 나갔다. 요양병원 내에서 사망한 경우라면 문제가 간단했다. 평소 지병도 있었고 건강 상태도 매우 나빴던 터라 병사로 처리하면 그만이었다. 그러나 외부에서 사체로 발견되었기 때문에 엄연한 사망 사건으로 접수되면서 철저한 수사가 시작되었다. 더군다나 사내가 전과자라서 경찰은 더욱 촉각을 곤두세웠다.

죽은 사내의 신원은 곧 밝혀졌다.

이름 한영석. 만 52세. 전직 모 금융회사의 잘 나가던 펀드매니저. 주가 조작에 연루된 혐의와 고객이 맡긴 거액의 돈을 횡령한 혐의로 5년간 복역. 출소 후에는 일정한 직업이나 거주지도 없이 여기저기 사설 요양원을 떠돌아다님. 오래전부터 앓아온 중풍 후유증으로 하반신이 마비되어 휠체어에 의지하지 않고는 조금도 움직이지 못함. 보호하고 있던 목사님의 소개로 3개월 전 요양병원에 입원. 헌 옷가지 몇 개 말고는 특별한 소지품이나 지닌 돈이 전혀 없음. 그동안 찾아온 보호자나 방문객이 한 명도 없음.

"병원에서 얼마나 관리를 소홀히 했길래 요양 중인 환자가 밤중에 이렇게 멋대로 나가서 죽는 일까지 생기느냔 말이오. 응?"

형사반장은 책상을 탕탕 치며 요양병원 사무장을 상대로 범죄자를 다루듯 다그쳤다.

"참말로 면목이 없습니다요."

사무장은 큰 죄라도 지은 듯 두 손을 연신 비벼 대며 머리를 굽신거렸다.

"문제는 휠체어 없이는 한 발짝도 못 옮기는 한영석이가 어떻게 운동장까지 걸어갔느냐 하는 점이야, 알겠소?"

"그렇습니다요. 저희도 아무리 생각을 해봐도 그 점이 통 이해가 가질 않습니다요."

"결론적으로 말해서 혼자서 걸어 나갔을 리는 만무하고, 누군가가 한영석을 강제로 끌고 나갔다는 얘기가 되는데……."

"저, 절대로 그럴 리가 없습니다요."

"그럼 날개가 돋아서 날아가기라도 했나, 응? 이거 봐요. 사건 현장에 휠체어가 없었던 걸로 봐서, 여러 명이 함께 끌고 간 게 틀림없소!"

"말씀대로 휠체어는 병실에 그대로 남아 있었습니다요. 그렇지만 여러 명이 강제로 끌고 갔다면 소리도 질렀을 테고, 소란스러워서 남들 눈에 쉽게 띄었을 텐데, 본 사람이 아무도 없으니 참말로 이상합니다요."

"근무들을 똑바로 안 했으니까 못 봤겠지. 사람을 그렇게 강제로 끌고 나가는데 못 보긴 왜 못 봐!"

"……."

"그리고 같은 방 사람들의 증언에 의하면 한영석이가 며칠 전부터 평소와는 달리 아무 이유도 없이 마구 웃고 떠들면서, 들뜨고 고무된 표정으로 무슨 말인가를 계속 중얼거리기도 하고, 누군가 자기를 찾아올 거라면서 눈이 빠지게 기다렸다고 하는데, 혹시 여기에 대해서 뭐 아는 바가 없소?"

형사반장은 날카로운 눈빛으로 사무장을 쏘아보며 강한 어투로 몰아붙였다.

"조, 조용하던 사람이 갑자기 지나칠 만큼 쾌활하고 활동적으로 변한 건 사, 사실입니다요. 그래서 다들 이상하게 생각했습니다요. 그러나 차, 찾아온 사람은 절대 없었습니다요. 지금껏 가족이나 보호자가 온 적도 한 번 없었고요."

당황한 사무장은 말을 더듬거리며 이마에 식은땀을 흘렸다.

"허, 그거 참! 아무래도 그 점이 영 수상쩍단 말이야."

"요양 환자들에게서 흔히 나타나는 정신질환의 일종입니다요."

"정확한 사인은 부검을 해봐야 알겠지만, 미심쩍은 부분이 많아서 좀 더 철저하게 수사를 해봐야겠소. 현재로선 타살 의혹도 배제를 할 수가 없소. 만일 타살이라면 이건 보통 사건이 아니야, 알겠소? 어쨌거나 일차적인 책임은 병원측에 있으니 빨리 가족에게 연락해서 후속 조치를 하시오."

그 후 수사과 형사들이 뻔질나게 찾아와서 현장 답사도 하고 요양병원 직원들을 상대로 탐문 수사도 되풀이했지만, 더 이상 새롭게 밝혀진 사실은 아무것도 없었다. 그래서 사건이 자칫 미궁으로 빠져들 것처럼 보였다.

2

죽기 얼마 전부터 한영석씨에게 예기치 못한 변화가 찾아왔다. 늘 병실 구석에서 혼자 조용하게 지내던 그가 큰 소리로 웃고 떠들며 다른 사람들과 쾌활하게 어울리는 등 딴사람처럼 바뀐 것이었다. 휠체어를 탄 몸놀림도 전에 없이 경쾌하고, 여기저기 돌아다니느라 분주하기만 하였다. 그리고 무언가 중대한 일이 곧 터질 것만 같은 기대감으로 메마른 가슴이 풍선처럼 잔뜩 부풀어 오르기 시작하였다.

그건 실로 이상한 일이었다. 특별한 이유나 계기도 없이 어느 날 갑자기 그리 된 것이라서, 주변 사람들은 물론 그 자신도 영문을 몰라 어안이 벙벙할 정도였다. 어쩌면 원래 쾌활하던 사람이 그동안 잔뜩 주눅이 들어 지낸 것인지도 몰랐다. 그래서 평소 말도 없고 침울한 모습만 보아 온 병실 사람들 모두가 이상하게 생각하며 수군댔다.

"저 친구 갑자기 왜 저래? 혹시 치매 온 거 아니야?"

"갑자기 망령이 들었나 봐, 아니면 몰래 숨겨둔 거액의 보험금이라도 찾아 먹게 됐던가, 허허허!"

"사람이 저렇게 갑자기 변하면 얼마 못 산다고들 하던데, 한씨도 그 짝 나는 거 아닌가 몰러, 쯧쯧!"

어쨌거나 그는 이유를 알 수 없는 기대감과 설레임으로 기분이 한껏 들떠서 지냈다. 마치 몸속 깊은 곳에서 끊임없이 폭죽이 터지는 듯한 느낌이었다. 그렇지만 주변 사람들이 피해를 입을 정도로 지나치게 시끄럽게 굴거나 폭력을 행사하는 일도 없었고, 밤늦게까지 잠을 안 자고 설쳐 대며 남들의 수면을 방해하지도 않았기 때문에 격리나 결박 등 특별한 조치를 받지는 않았다.

담당 의사는 즉각 조울증 증세로 진단하고 처방을 내렸다. 하지만 그는 약을 먹는 체하면서 번번이 간병사들의 눈을 피해 쓰레기더미 속에 버렸다. 그러고는 남몰래 속으로 회심의 미소를 지었다. 곧 중대하고도 대단한 일이 자신에게 다가올 것이라는 확신과 함께. 비록 터무니없는 믿음이었지만, 그러한 확신으로 가슴이 벅차오를 때면 자신도 모르게 주문을 외듯 중얼거리기도 했다.

"가나 봐라! 가나 봐라!"

"주나 봐라! 주나 봐라!"

주위 사람들이 궁금증을 참지 못해서 도대체 어디로 가지 않겠다는 말이며, 뭘 안 주겠다는 말이냐고 물어 봐도 그는 대답도 하지 않고 싱글벙글하면서 알 듯 모를 듯한 말만 계속 중얼거리며 돌아다녔다. 그래서 조만간 누군가가 외롭고 불쌍한 한씨를 찾아오기라도 했으면 좋겠다며 혀를 끌끌 찼다. 그동안 가족이나 아는 사람이 하나도 찾아오지 않았던 것이다. 그렇게 며칠이 지나면서 그의 확신은 눈덩이처럼 점점 더 커져만 갔다.

　죽기 전날 밤, 그는 이상하게 몸이 무겁고 몸살처럼 오한기가 있어서 일찌감치 자리에 누웠다. 그러나 잠은 쉬 오지 않고, 마음도 편치 않아 이런저런 생각을 하며 몸을 뒤척였다. 지나온 세월이 참으로 아득히 먼 꿈만 같았다. 병실 안에 크게 틀어놓은 TV에서는 오래전 그가 청춘을 바쳐 일했던 대기업의 비자금 문제로 며칠째 시끄러웠다. 특히 외국의 유명한 화가가 그린 '행복한 눈물'인가 뭔가 하는 수상쩍은 그림을 수십억 원 주고 몰래 사들였느니 어쨌느니 공방이 치열했다.

　귀가 솔깃해 물끄러미 바라보던 그는 순식간에 화면 속으로 빨려들어갔다. 그리고 어느 순간 불에라도 데인 듯 자리에서 벌떡 일어나 앉았다. 화면에 잠깐 비친 그림 속의 여자는 붉은 머리에 행복에 겨운 표정으로 두 눈 가득 눈물을 흘리고 있었다. '아아! 바로 저 여자다!' 그동안 애써 잊고 있던 한 여자의 얼굴이 머리 속에 선명하게 떠오르면서 마치 고압 전류에 감전이라도 된 듯 전율이 일었다. '어쩌면 저리도 같을 수가!' 그는 전혀 닮지도 않고 연관도 없는 여자의 모습에 스스로 도취하고 흥분하여 착란 상태와도 흡사한 혼돈 속으로 빠져들어갔다.

　아주 오래전 청년 시절에 그는 지금처럼 무언가 대단한 일이 벌어질 것 같은 기대감으로 하루하루를 산 적이 있었다. 특별한 일이 없어도 그 기대감만으로 그저 즐겁고 행복하기만 했다. 비록 몸도 마음도 궁핍하긴 했지만 생각해 보면 그때가 삶의 진정한 절정이었다. 그러나 그것도 잠시, 과로와 스트레스로 점철된 샐러리맨 생활이 시작되면서 어느 틈엔가 무지개처럼 흔적도 없이 사라져 버리고, 삶의 밑바닥까지 추락할 대로 추락한 지금에 와서 새삼스럽게 무슨 좋은 일이 있을 리가 없었다. 그런데 요 며칠 새 그러한 의구심은 너무나 확신에 찬 기대감에 밀려서 연기처럼 사라져 버렸으니 그가 생각하기에도 참으로 이해하기 어려운 일이었다.

그는 실로 오랜만에 지난 시절의 회상 속으로 한없이 빠져들어 갔다. 그렇게 얼마나 시간이 흘렀을까, 자신도 모르게 푹 잠이 들었다가 깨어난 그는 아직도 조금 전에 꾸었던 꿈속을 헤매고 있었다. 그의 몸뚱어리가 자기와 똑같은 형상을 한 수없이 많은 조각으로 산산이 부서진 뒤 광막한 우주 속으로 별처럼 흩어지고, 하나도 남김없이 완전히 흩어졌다가는 다시 서서히 합쳐져서 원래 상태의 자기 자신으로 돌아오기를 끝없이 반복하는, 그런 아주 이상한 꿈이었다.

병실 안의 사람들은 모두 잠이 들었고, 여기저기서 코 고는 소리만이 무덤 같은 적요함을 깨뜨리고 있었다. 오늘따라 밤마다 난리를 치던 치매 환자들 중 아무도 발작을 하지 않고 잠잠하였다.

이렇게 조용한 밤도 한 달에 며칠 되지 않았다. 복도에 켜놓은 불빛이 반투명 유리창을 통해 실내를 흐릿하게 비추고 있었는데, 비몽사몽간에 그의 눈앞이 점차 환하게 밝아지더니 한가운데 뚜렷한 사람의 형상이 나타났다.

"오!"

그는 매우 놀라 등골이 오싹해지는 한편, 알 수 없는 흥분으로 가슴이 마구 뛰었다.

"누, 누구요 당신은?"

영석씨는 마음속으로 외쳤다.

"너무 그렇게 놀라지 마십시오. 당신을 도우러 왔으니까."

그도 똑같이 마음으로 대답했다.

"날 도우러 왔다구요? 어떻게요?"

"내가 바로 당신이 그토록 고대하던 그것! 입니다."

"아하, 그래요? 야! 이거 드디어, 드디어 목이 빠지게 기다리던 일이 일어나고야 말았습니다! 하하하! 난 당신이 이렇게 찾아오실 줄 알았습니다. 그럼요. 찾아오실 줄 알고말고요. 반갑습니다. 정말로 반갑습니다."

영석씨는 횡설수설하면서 중얼거렸다. 정신은 더욱 몽롱해지면서 극심한 착란 상태로 빠져들어갔다.

"오래전부터 만나고 싶었지만, 때가 아니라서 기다리다 이제야 찾아왔습니다."

"당신이 누구신지는 잘 모르겠지만, 그런 건 아무 상관이 없습니다. 이제라도 이렇게 찾아오셨으니 됐습니다. 정말로 감사합니다."

"나를 한 번 자세히 바라보세요. 정말로 나를 모르시겠습니까?"

두 사람은 서로를 깊이 응시하며 잠시 침묵을 지켰다. 침묵 속에서 두 사람의 눈빛이 곧 수만 가닥의 실로 변하여 친친 동여매는 것만 같았다. 영석씨의 눈에 그는 매우 존귀하면서도 더없이 친근한 존재로 보였다. 눈이 부실 정도로 투명한 얼굴에는 세상의 모든 근심과 걱정을 다 녹여 버릴 듯한 미소가 잔잔하게 흐르고 있었다. 그가 지극히 선량한 눈동자로 응시하자 영석씨는 마음이 한없이 편안해지면서 자신도 모르게 눈물이 주르륵 흘러내렸다.

"당신을 보고 있으니 아주 오래전, 그러니까 태고적부터 알고 지낸 듯한 느낌이 듭니다. 그리고 왠지 참으려 해도 눈물이 자꾸만 가슴속에서 솟구쳐 나오네요."

영석씨는 어깨를 들썩이며 한동안 서럽게 흐느꼈다.

"그럴 만도 하지요. 나는 당신의 오래된 '상위 자아'니까요."

"상위 자아라구요?"

"네. 인간은 누구나 자신의 상위 자아가 있는데, 말하자면 영혼의 근원인 셈이지요."

"흔히 말하는 수호천사 같은 건가요?"

"조금 비슷하긴 하지만 다릅니다. 영혼은 몇 단계의 질서를 거친 뒤에야 비로소 제 역할을 할 수 있는데, 하나의 상위 자아로부터 많은 영혼들이 갈라져서 인간으로 세상에 태어나지요. 물론 내 위에도 또 다른 상위 자아가 있습니다."

"그럼 맨 꼭대기엔 누가 있나요? 역시 신이 존재하고 있는 건가요?"

"그렇다고 할 수 있습니다. 물론 당신이 상상하는 것과는 너무나 차원이 다른 그런 존재이긴 하지만."

"무슨 불법 다단계나 피라미드 판매 조직 같군요."

두 사람은 장난기 어린 표정으로 말없이 웃었다.

"근데 당신이 내 앞에 나타난 까닭이 무엇인가요? 내가 곧 죽게 된 때문인가요?"

"그렇습니다. 이제 세상을 떠날 때가 다가왔기 때문입니다."

"말하자면 저승사자로군요."

"저승사자가 아니라 당신의 근원인 상위 자아일 뿐이지요."

"어쨌거나 좋습니다. 날 어서 데려가세요. 당신을 이렇게 만나고 나니까 왠지 죽음이 조금도 두렵지가 않군요."

"사실 당신은 아직 이 세상을 떠날 때가 되지 않았습니다. 하지만 너무나 괴로워하면서 나를 간절히 찾길래 조금이라도 도와주기 위해서 이렇게 찾아온 것입니다."

영석씨는 문득 자신의 손을 바라보았다. 희미해서 잘 보이지는 않았지만, 그의 손바닥은 오래전부터 빨간 장갑처럼 변해 버렸다. 괴로울 때마다 습관적으로 철제 침대 난간을 있는 힘을 다해서 움켜쥐곤 하는 바람에 피멍이 진하게 배어 버린 것이었다.

"희미해져 가는 파멸의 기억 때문에 가슴을 쥐어뜯으며 속으로 울부짖던 순간마다 당신은 나를 간절하게 불렀고, 그 절규의 파장이 죽음보다도 훨씬 크고 예리해서 아직 생존 기간이 남아 있음에도 불구하고 이렇게 특별히 찾아온 것입니다. 그래서 당신이 동의해야만 데려갈 수 있습니다."

"나를 어디로 데려간단 말입니까? 천당입니까? 아니면 지옥입니까?"

"그동안 존재해 온 천당이나 지옥은 이제 아무런 의미가 없습니다. 그보다 더 먼 곳, 당신이 떠나온 별로 되돌아가는 거지요."

"그것 참 재미있군요. 그 별이 도대체 어디에 있습니까?"

"우리가 살고 있는 은하계 한가운데 있지요. 너무 멀리 떨어져 있어서 지구에서는 도저히 볼 수가 없습니다."

"그래요? 거기가 우리 영혼의 진짜 고향이다, 그런 말이지요?"

"믿기 어렵겠지만 그렇습니다."

"만화에 나오는 플레이아데스 성단의 전설이 따로 없군요. 하하하! 자, 당장 날 그 별로 데려가 주십시오. 난 이 세상에 대한 미련을 버린 지가 오래입니다. 아니, 당신 얘기를 듣는 순간부터 타인들의 삶조차도 결국엔 다 내 삶이라는 걸 깨달았습니다. 따지고 보면 다 같은 근원으로부터 갈라져 나온 셈이니까요. 정말입니다. 그러니 구차하게 목숨을 구걸할 이유가 조금도 없습니다."

"그리 서두를 필요는 없습니다. 그보다도 먼저 알아야 할 것은 그동안 이 세상에서 당신에게 벌어진 모든 일이 다 오래전에 당신과 나 사이에 계획된 것이라는 점입니다."

"뭐라구요? 그게 정말입니까? 어떻게 그런 일이……."

"믿기지 않겠지만 사실입니다. 인간은 누구나 자기 인생을 스스로 설계해서 태어나는 법이지요. 물론 자유 의지가 있는 만큼 설계와 다른 삶을 살 여지는 얼마든지 있습니다. 나 같은 상위 자아는 설계하는 것을 도와줄 뿐 그 이후로는 일체 간섭할 수 없으니까요."

"그럼 나는 이번 생에 왜 이리도 비참하고 불행한 설계를 하고 태어났습니까?"

"거기엔 나름대로 중요한 이유가 있습니다."

"중요한 이유라니요?"

"말하자면 이 나라처럼 탐욕이 판치는 세상에서 허우적대다가 파멸하는 인간들의 모델 케이스가 되기 위해서지요. 누군가는 그런 역할도 맡아야 하니까요."

"……그래요? 그게 사실이라면 좋든 싫든 자기 팔자는 자기 스스로가 만든 것이니 크게 억울해할 것도 우쭐댈 것도 없겠습니다 그려, 허허! 인생이 한바탕 꿈이요, 연극이라는 말이 괜히 나온 게 아니네요. 쉽게 말해서 짜고 치는 고스톱이다 뭐 그런 얘기 아니겠습니까?"

두 사람은 또다시 마주 보며 공범자처럼 은밀하게 웃었다.

"그리고 떠나기 전에 꼭 만나고 싶은 사람은 없는지 한번 잘 생각해 보십시오. 나중에 후회하지 말고."

"왜 없겠습니까? 얘기하면 소원을 들어주시겠습니까?"

"물론이지요."

"어떻게요?"

"직접 만나게 해드릴 수는 없고, 꿈속으로 찾아가서 만날 수 있도록 도와 드리겠습니다.

"좋습니다."

"몇 명이나 만나고 싶습니까?"

"두 명…… 아니 세 명."

그는 오래전에 헤어진 아들 녀석과 아내 그리고 또 한 여자를 떠올렸다.

"더 이상 없습니까?"

"없습니다."

"좋습니다. 그 세 명의 얼굴을 마음속으로 그리면서 천천히 일어나세요. 이제 당신은 예전처럼 자유롭게 걸을 수 있습니다."

최면에라도 걸린 듯 영석씨는 여전히 비몽사몽인 상태로 자리에서 천천히 일어났다. 놀랍게도 마비된 두 다리가 밧줄에 꽁꽁 묶였다가 풀리듯 스르르 풀리면서 마음대로 움직여졌다.

"자, 그럼 마지막으로 행복한 시간을 보내십시오."

그 말을 마지막으로 영석씨의 상위 자아를 칭하던 형상은 그의 시야에서 거짓말처럼 사라졌다. 아니 사라진 게 아니라 그의 몸속으로 들어와 하나가 된 것 같았다.

영석씨는 침대에서 내려와 조용히 걸음을 옮겨서 병실을 빠져나왔다. 꼭 몽유병 환자 같았다. 밤새 병실 안을 지키던 간병사는 어디 갔는지 보이지 않았다. 복도로 나와서 바깥으로 통하는 출입문을 여는 순간 당직 간호사 쪽을 흘깃 쳐다보았지만 그녀는 고개를 숙인 채 야간 당직 기록을 하는지 그를 바라보지도 않았다. 그녀 뒤에 걸린 벽시계는 새벽 4시 반을 가리키고 있었다.

그는 천천히 3층 계단을 걸어서 내려와 근처에 있는 초등학교 운동장으로 향했다. 새벽 추위가 얇은 옷깃을 매섭게 파고들었지만 전혀 추위를 느끼지 못했다. 오히려 한여름의 새벽 공기를 마시기라도 하듯 상쾌하기만 했다. 그는 시선을 먼 하늘로 향한 채, 서리가 두텁게 깔린 소금밭 같은 운동장을 천천히 거닐며 마지막으로 만나 보고 싶은 세 사람의 얼굴을 차례로 떠올렸다.

3

한영석씨 주변 인물을 추적하던 수사팀은 한때 그를 보호했던 사설 요양원의 목사님으로부터 뜻밖의 자료를 입수하였다. 자신의 사생활에 대해 일체 입을 열지 않던 그가 요양원을 떠나기 전날 밤, 무슨 이유에선지는 몰라도 목사님에게 자청해서 털어놓은 이야기를 녹음해 둔 테이프였다.

그 속에서 잔뜩 쉬고 갈라진 목소리의 한영석씨는 느릿느릿한 어조로 깊은 한숨과 탄식을 섞어 가며, 감정이 복받치는 때문인지 자주 말을 중단하고 침묵하면서 자신의 지나온 삶에 대해 매우 또렷하고 조리 있게 술회를 하고 있었다. 형사반장은 혹시나 무슨 단서라도 찾을 수 있을까 하여 녹음 테이프를 여러 차례 되풀이해서 들었다.

"모두가 대박만을 좇는 우리 사회에서, 성공과 실패란 결국 주식 투자와도 같은 거라고 생각합니다. 시류를 잘 타고 약삭빠르게 결탁해서 치고빠지면 한몫 단단히 잡는 반면에, 그렇지 못하면 조금 가진 것마저 다 날리고 휴지 조각이 되는 거지요. 그렇지 않습니까? (……)

휴~우~! 돌이켜보면 나는 언제나 이 땅에서, 일종의 망명자처럼 살아온 것 같은 생각이 듭니다. 나 같은 개인의 인생이란, 결국엔 소수의 보이지 않는 권력 집단을 위한 들러리에 지나지 않기에, 이 땅에 태어나 오십 몇 년을 살면서 내가 해온 일들은 알고 보면 몽땅 부도 난 수표처럼 무가치하고 허망한 것들뿐이지요. 휴~우~! (……)

아아, 하지만 본디 나는 정의로운 작가를 꿈꾸던 순진한 문학청년이었습니다. 비록 세상을 깜짝 놀라게 할 만큼 뛰어난 재능을 지니지는 못했지만, 최소한 역사의 격랑에 휩쓸려 가는 나 자신과 주변 인물들의 소소한 일상 속에서, 나름대로 소박하면서도 주체적인 삶의 아름다움을 확보할 자신과 패기는 있었지요. (……)

모 대학 사학과에 진학한 나는 다방면에 걸쳐서 열심히 책을 읽고 소설 습작을 하는 틈틈이, 동료들과 함께 최루탄 가스를 맡으며 반독재 데모에도 적극적으로 가담하였고, 농촌이나 도시 달동네 주민들을 찾아다니며 민중들의 실상과 애환을 알려고 많은 노력을 기울였습니다. (……)

당시 나는 뭔가 대단한 일이 일어날 것만 같은 그런 기대감으로 하루하루 젊음의 열정을 불태웠는데, 지금 생각해 보면 얼치기 혁명과도 흡사한, 치열하면서도 허망하고 약간은 달착지근하기도 한, 뭐 그런 열정이었지요. 허허허! '먼지가 될 바에야 차라리 재가 되리라!'는 말이 당시 내가 가장 좋아하던 말이었어요. 아아, 그때가 정말로 그리워지는군요. (……)

대학 졸업 후 나는 대기업에 진출한 고향 선배의 추천으로 모 회사 홍보실에 취직하게 되었고, 거기서 몇 년 동안 착실하게 사보 출판과 홍보물 제작 일을 하면서 남몰래 부지런히 소설을 썼지요. (……)

그건 누구에게도 말하지 않은 비밀이었는데, 남 앞에 내보이기가 부끄러웠던 탓도 있었지만, 내공을 쌓으며 때를 기다리다가 어느 날 화려하게 등장하고 싶은, 그런 치기도 작용했던 게지요. 후후! 어쨌거나 나에게 가장 소중한 보물인 작품 수가 늘어날수록, 오랫동안 가슴에 품어 온 목표인 작가의 꿈도 조금씩 실현되어 가는 듯 보였지요. (……)

하지만 꿈의 벽은 역시 높았습니다. 휴~우~! 그토록 고대하던 신춘문예에 번번이 낙선하면서, 나는 조금씩 자신감을 상실하며 어느덧 깊은 좌절감에 빠져들고 말았지요. 체질에 맞지 않는 직장 생활로 정신적 고통은 나날이 커져만 가는데, 소설은 물론 짧은 잡문조차 갑자기 앞뒤가 꽉 막힌 듯 전혀 써지지가 않았고, 작가가 되는 일 말고는 아무리 둘러봐도 그 어디에서

도 삶의 목표를 찾을 수가 없어서, 정말로 괴롭고 답답하기 그
지없었지요. (……)

깊은 실의에 빠져 술과 온갖 쾌락으로 나날을 보내던 즈음, 때
마침 전국적으로 주식 붐이 일기 시작하였습니다. 나중에야 거
품이 꺼지면서 개미 군단들에게 엄청난 손실을 입혔지만, 처음
달아오를 때는 열기가 보통 뜨거운 게 아니었지요. 우리 국민
대부분이 소위 묻지마 투자에 처음으로 뛰어들던 시절이었는
데, 말하자면 전국이 거대한 고스톱 판인 셈이었지요. 허허허!
(……)

지금 생각해 봐도 이유를 잘 알 수는 없지만, 나 또한 주식 광
풍에 덩달아 흥분하며 뛰어들었지요. 그게 마치 탈출구라도 되
는 듯이. 아닌 게 아니라 주식에 대한 다양한 종류의 책들을 찬
찬히 읽어 보니, 새로운 미래가 조금은 보이는 듯도 싶더군요.
(……)

그런 어느 날 문득, 나는 그동안 써두었던 보물 단지 같은 소설
원고 뭉치를 모두 들고 강가로 나가서 불태워 버렸습니다. 참
말로 시원섭섭하단 말이 그토록 실감날 수가 없더군요. 원고
뭉치가 다 타고 남은 잿더미 위에 오줌을 한바탕 시원하게 갈
기고 돌아서는데, 가슴속에서 뜨거운 기운이 훅 하고 치솟아
오르면서 나도 모르게 눈물이 주르륵 흘러내리더군요. (……)

그와 동시에 내 영혼의 가장 소중한 부분이 암흑 속으로 영원
히 사라져 버리고 그 자리에 탐욕의 가시덩굴이 무성하게 자라

나 뒤덮은 것을, 아주 오랜 시간이 흐른 뒤에야 비로소 깨달았지요. 휴~우~! (……)

하지만 주식판도 그리 호락호락하지 않았습니다. 투자했던 돈을 몽땅 잃은 뒤, 주식에 완벽하게 통달하기 전에는 절대 투자하지 말라는 어느 실패자의 뼈아픈 얘기를 가슴 깊이 받아들인 나는, 소문이나 충동에 휩쓸려 섣불리 투자하는 대신, 금융계에 몸담고 있는 선배들을 끈질기게 찾아다니며 주식에 대한 공부를 시작했지요. 처음엔 주변 사람들이 다들 이상하게 바라보며 비웃음을 보냈지만, 나는 아랑곳하지 않고 실전을 익혀 가며 지독하게 파고들었지요. (……)

솔직하게 말하면 주식 투자 공부는 소설 쓰는 일보다 훨씬 더 재미있고 흥미진진했습니다. 내 혈액형이 소위 말하는 '주식형'에 가깝다는 것도 새삼 깨달았지요. 그리고 거대한 시장을 움직이는, 무시무시한 힘의 실체를 조금씩 알게 되면서 세상에 대해 새롭게, 아니 그제서야 비로소 진정한 눈을 뜬 기분이었지요. (……)

그렇게 몇 년을 전심전력을 다해서 보내고 나니, 주식 시장의 커다란 흐름과 복잡한 내막이 하나하나 눈에 들어오기 시작하더군요. 아이러니하게도 소설을 쓰기 위해 광범위하게 읽었던 역사 · 철학 · 사회과학 · 문화사 등에 대한 책들이 주식 공부에 많은 도움을 주었지요. 허허허! (……)

실패자의 조언은 역시 탁월했습니다. 국내외 경제 동향에 대한 정확한 지식이나 정보, 그리고 기업의 재무제표를 꿰뚫어볼 능력도 전혀 없이, 뜬소문과 상승 장세만 믿고 무작정 뛰어드는 개미 군단들은 불을 보고 뛰어드는 나방이나 다름이 없다는 걸 너무나 절실하게 깨달았지요. (……)

내 장세 예측이 정확하게 들어맞으면서, 알짜배기 종목만 골라서 고수익을 낸다는 소문이 돌자, 주변에서 주식 투자를 의뢰하는 사람들이 서서히 몰려들기 시작했습니다. 그때 많은 사람들이 내 덕을 좀 봤지요. 후후후! 처음엔 긴가민가하던 투자 고참들도 나중엔 내게 자문을 구할 정도였으니까요. (……)

그리고 내 실력을 인정한 같은 계열사 내의 증권 회사에서 마침내 고액의 연봉을 제시하며 전격적으로 스카웃 제의를 해왔고, 이름없는 홍보실 말단 직원에서 일약 유명 회사의 펀드매니저로 변신하여 화제가 됐었지요. 당시만 해도 증권사 영업맨들 수준이란 게 전문지식은 고사하고, 영업 끝난 뒤 객장에 둘러앉아서 고스톱 판을 벌일 정도로 보잘것없었으니까요. (……)

잘 나가는 펀드매니저가 된 나는, 그야말로 주가를 한껏 올리며 거침없이 앞을 향해 질주하였지요. 이미 마음에 드는 여자와 결혼해서 아들도 하나 낳은 데다, 커다란 아파트를 마련해서 남부러울 것 하나 없었고, 수십 개의 통장 잔고는 나날이 쌓여만 가고, 이미 막강한 자본 시장의 속성과 메커니즘을 나름대로 확실하게 파악한 이상, 세상을 온통 다 얻은 듯 겁날 게 없었지요. (……)

아아, 그렇다고 해서 좋은 일만 계속된 것은 아니었습니다. 하루하루가 사실은 피를 말리는 긴장의 연속이었지요. 주가의 등락에 따라 하루에도 천당과 지옥을 수십 번이나 오르내리는 일도 다반사였고, 자신있게 예측했던 종목들이 빗나가 커다란 손실을 입는 일도 종종 일어났으며, 나중에는 주가를 끌어올리거나 내리기 위해서 작전세력들과 짜고 교묘하게 조작하는 일도 서슴지 않았으니까요. 흐흐흐! (……)

양심의 가책을 느끼거나, 마음이 허전하거나 외롭다고 느낀 적은 없었느냐고요? 전혀요. 불법인 줄은 알았지만, 그땐 다들 그렇게 했으니까 그리 큰 문제가 되지는 않았지요. 그리고 온몸의 신경이란 신경을 죄다 그쪽으로만 쏟아 부었기 때문에, 그런 생각을 할 신경조차 뇌 속에 전혀 남아 있지 않았던 셈이지요. 어떤 외국 작가가 그랬지요. '먼저 구더기가 되어라! 도덕은 다음 문제다'라고요. (……)

당시만 해도 내가 이렇게 파멸할 거라고는, 참말로 꿈에도 생각하지 못했지요. 휴~우~! 하지만 사람 운명이란 정말로 한 치 앞도 내다볼 수가 없는 건가 봅니다. 어쩌면 나는 결국 파멸하기 위해서, 그때 그렇게 잘 나갔던 건지도 모르겠습니다. (……)

어쨌거나 그것은 IMF 외환 위기와 함께 찾아왔지요. 엄밀하게 말하면 외환 위기를 틈타 황폐해진 내 영혼의 균열 사이로 파고든, 아주 사소하고 미묘한 유혹 때문이라고 할 수 있지요. 핑계를 대자면 못 댈 것도 없지만, 결국은 내 스스로 자초한 일이니, 이제 와서 누굴 탓하고 원망하겠어요. 다 부질없는 일이지요. 휴~우~! (……)

외환 위기로 부도가 속출하고, 많은 사람들이 가족과 함께 동반자살을 하는 등 온 나라가 쑥대밭이 되었을 무렵, 한 여자로부터 전화가 걸려 왔습니다. 오래전 대학 시절에 문학 서클에서 아주 친하게 지냈던, 첫사랑이라고 해도 좋을 그런 여자였어요. 휴~우~! (……)

부유한 집안으로 시집가서 잘산다는 얘기는 들었지만, 그동안 한 번도 만난 적은 없었지요. 전화기를 통해 목소리를 듣는 순간, 그녀와 처음으로 입맞춤했던 때의 그 황홀한 기억이 생생하게 되살아나더군요. 가슴이 찢어지는 듯했던 실연의 고통도 뒤이어 떠오르고. (……)

이십여 년 만에 중년이 되어 만난 우리는, 조금은 쑥스럽고 조금은 뻔뻔스럽고, 그러면서도 금방 친근한 분위기 속으로 빠져들었지요. 비록 세월은 많이 흘렀지만, 여전히 변함없는 그녀의 우아한 모습과 활달한 성격 때문이었을 거요. (……)

아아, 그날 나는 많이 취해서 횡설수설하며 마음속에 있는 말 없는 말을 다 쏟아냈지요. 그때 오랫동안 너를 참 좋아했었노라고, 그래서 늘 네 주변을 맴돌며 괴롭기도 했고 행복하기도 했었노라고, 너도 나를 좋아하지만 그 이상은 아니라는 것도 알고 있었노라고, 그래서 그땐 살 수도 죽을 수도 없었노라고.
(……)

너는 언제나 나보다 글도 잘 썼고, 연애도 잘 했고, 몇 발짝 앞
서 달려가는 바람에 잡으려 해도 잡을 수 없었노라고, 휴~우~!
그때로 다시 한 번 돌아가고 싶다고, 아니 고통이 되풀이될까
봐 그 시절로 절대 되돌아가고 싶지 않노라고. (……)

그녀도 술에 취해서, 뭐가 미안한지도 모르면서 자꾸만 미안하
다는 말만 되풀이하더군요. 그리고 헤어질 때 앞으로 자주 만
나자면서 쓸쓸하게 웃었는데, 취중에도 불길한 예감이 머릿속
을 스치더군요. (……)

아니나 다를까 그 후 다시 만난 자리에서, 그녀가 눈물을 흘리
면서 입을 열더군요. 잘 나가던 남편 사업체가 부도로 넘어갈
위기에 처했다면서, 나더러 조금만 도와달라고. 그 말을 듣는
순간 정신이 번쩍 든 나는, 얼음처럼 냉정해져야 한다고 자신
을 수없이 타일렀지만, 아무 소용이 없었습니다. 휴~우~!
(……)

아아, 바람에 휩쓸리는 사막의 모래 사구처럼, 마음은 자꾸만
그녀에게로 기울어져 갔지요. 지금 생각해 봐도 그 이유를 통
모르겠어요. 휴~우~! 파멸을 예감하면서도 차츰 끌려 들어갈
수밖에 없는, 그런 피치 못할 일들이 우리네 인생길에서, 특히
남녀 사이에선 종종 일어나는 법이니까요. (……)

사실 그녀 남편 사업체의 부채 상황은 심각한 상태였습니다.

그래서 체면치레로 딱 한 번만 도와주고 나서, 관계를 깨끗이 정리하려고 했지요. 하지만 오래된 애증으로 뒤섞인 기묘한 연대감을 갖게 되니까, 오히려 급속도로 친해지게 되더군요. 무의식적으로 그녀에게 복수 심리가 작용한 때문인지도 모르겠습니다. 후후후! (……)

어려움에 처한 그녀를 도움으로써 잃어버린 세월에 대한 보상을 받으려는 허망한 심리도 겹쳐서, 최소한 그녀가 불행해지지는 않도록 도와야 한다는, 그런 당위성 비슷한 감정이 생겨날 정도였지요. (……)

그녀 또한 이런저런 일들로 마음이 괴롭고 허전하던 터라, 급기야는 자포자기의 심정으로 나하고 불륜의 사이로까지 발전하고 말았지요. 휴~우~! 그리고 세세한 일들을 다 기억하기도 싫지만, 우리 두 사람은 점점 더 늪 속으로 빨려들어가, 나중에는 헤어나지 못할 정도로 깊이 빠져들고 말았습니다. (……)

외환 위기가 닥친 이후 오랫동안 주식 시장은 완전히 바닥이었지요. 고객들의 탄식과 눈물로 하루하루를 지새는 가운데, 나또한 부실 펀드 정리하랴, 부채 청산하랴, 정신을 차릴 수가 없었습니다. 애써 모았던 재산도 태반이 휴지 조각이 되어 허공으로 사라졌지요. (……)

아아, 게다가 그녀에게 보증을 선 것이 결정타가 되어, 결국 얼마 못 가서 그동안 벌었던 것을 고스란히 까먹고 빚더미 위에 올라앉고 말았지요. 휴~우~! 처음에는 이를 만회하고자 안간힘을 썼지만, 이미 운도 세상도 내 편이 전혀 아니었어요. 그제서야 난 비로소 우리나라뿐만 아니라 전 세계가 하나로 얽히고 설킨 거대한 금융 자본의 무서운 실체를 절감했지요. (……)

더 이상 미래는 없었습니다. 어쩔 수 없이 마구잡이로 주가를 조작했고, 나중에는 될 대로 되라는 심정으로 고객들이 맡긴 거액의 돈을 빼돌려, 그녀와 여기저기 돌아다니며 제왕처럼 흥청망청 쓰기까지 했지요. 스스로를 파멸시키는 쾌감이야말로 이 세상에서 가장 짜릿하고도 치명적인 유혹이라는 걸 그때 실감했지요. 휴~우~! (……)

당연히 아내와 이혼해서 가정도 파탄이 나고, 결국엔 모든 게 탄로가 나서 감옥에 끌려가고야 말았지요. 그녀도 결국 부도가 난 남편과 헤어진 뒤, 어디론가 잠적을 해버렸다고 하더군요. 아아, 나중에 돌이켜 보니, 모든 일이 도저히 제정신으로 한 것 같지가 않더군요. 이 모든 끔찍한 사태가 꼭 무슨 귀신에 홀린 것만 같았지요. 휴~우~! (……)

감옥에 있으면서 나는 반성도 많이 하고, 새사람이 되려고 무던히 애를 썼습니다. 하지만 그게 정말 말처럼 쉽지가 않더군요. 너무나 추악하고 거대한 탐욕의 굴레가 내 존재를 철저하게 깔아뭉개고 지나간 때문인지, 아무리 노력해도 생에 대한 의욕이 조금도 일어나지가 않더군요. 말하자면 황폐해질 대로 황폐해진 영혼이, 영원히 발기불능 상태에 빠졌다고나 할까요. 후후후! (……)

보시다시피 나는 지금 몸도 마음도 망가질 대로 망가졌고, 죽음보다 더한 절망의 한가운데 놓여 있습니다. 어쩌면 그 절망이 지금까지 나를 지탱하고 있는 힘인지도 모르겠습니다. 그것 말고는 살아 있을 이유가 없으니까요. 휴~우~! (……)

아아, 그런데 언제부턴가 그 파멸의 기억조차 차츰 희미해져 가는 겁니다. 그래서 더욱 괴롭지요. 왜냐구요? 내가 나를 더 이상 벌할 수가 없으니까요. 그런데 이 고통과 절망은, 어쩌면 내가 모르는 또 다른 세계의 시작을 알리는 전주곡인지 누가 알겠습니까? 흐흐흐!"

4

부검 결과 사인은 저체온증으로 인한 심장마비로 판명되었다. 몸 안에서 약물이나 독극물이 조금도 검출되지 않았고, 타박상이나 목이 졸린 자국 등 외상 흔적도 전혀 발견되지 않았다. 한마디로 말해서 동사, 즉 얼어죽은 것이었다. 사인은 밝혀졌지만 문제는 그가 휠체어도 없이 어떻게 근처 초등학교 운동장까지 갔느냐 하는 점이었다. 날개가 있어서 날아간 게 아니라면 누군가가 계획적으로 끌고 갔다는 얘기인데, 어두운 밤중에 그를 운동장으로 데려가는 걸 봤다는 사람이 한 명도 없었다. 그 문제를 해결하지 않고는 수사를 종결지을 수가 없었다.

수사팀은 물론이고 병원 관계자들도 그 수수께끼를 풀지 못해서 고심하던 중 마침내 결정적인 단서를 제공할 목격자가 나타났다. 오토바이로 매일 아침 일찍 시내를 돌며 직접 신문 배달을 하는, 그 지역에서 오랫동안 신문 지국을 운영해 온 늙수그레한 지국장이 바로 그 주인공이었다. 사건 해결에 대한 성급한 기대감을 품고 수사관과 병원 관계자들이 급히 모인 가운데 그는 태연하게 증언을 하였다.

"그날따라 서울 갈 일이 있어서 다른 날보다 훨씬 일찍 집을 나섰구만유. 그리구 몹시 추워서 방한복을 아주 두껍게 입고 신문 배달을 나갔시유."

"그때가 몇 시쯤이나 되었소?"

"대충 새벽 다섯 시쯤 됐을 거유. 밖을 나서니 아주 캄캄하더라구유. 그래서 오토바이 헤드라이트를 켜고서 초등학교 운동장을 가로질러 교무실 쪽을 향해 가는데 웬 남자가 운동장을 천천히 거닐고 있드만유."

"그 남자가 어떻게 생겼는지 확실하게 기억할 수 있겠소? 어디 생각나는 대로 자세하게 말해 보시오."

"어두워서 얼굴을 자세히 보지는 못했구유. 어렴풋한 모습만 생각나네유. 하지만 헤드라이트 불빛에 병원 환자들이 입는 옷을 입고 있었던 것만은 확실하게 기억하고 있구만유. 아닌 게 아니라 그때 문득 이상한 생각이 들긴 들었지유."

"무슨 이상한 생각이 들었소?"

"이 추운 날씨에 저리 얇은 옷을 입고 산책을 하다니 정신이 나간 사람 아닌가, 혹시 치매 환자는 아닌가 하고 말이유."

"그런데 왜 병원에 알리거나 하지 않고 그냥 지나쳤소?"

"마음이 급해서 그런 데 신경쓸 여유가 없었시유. 그리고 평소에도 요양병원 환자들이 이른 아침에 간혹 운동장에서 산책을 하곤 해서 대수롭지 않게 생각했지유. 근데 그 사람이 죽었다니 참말로 후회가 막심이네유."

늙수그레한 지국장은 마치 자기 책임이라도 되는 듯 몸둘 바를 몰라 했다.

"너무 그리 자책하지는 마시오. 다 팔자소관이니까. 자, 갑시다."

그들은 바로 시체가 보관되어 있는 장소로 이동하였다. 좁다란 함 속에 누워 있는 한영석의 시신을 보자, 지국장은 확신에 찬 목소리로 말했다.

"맞아유, 바로 이 사람이 맞구먼유!"

"분명히 이 남자가 혼자서 걸음을 걷는 걸 봤단 말이오?"

"그래유. 머리를 하늘을 향해 높이 쳐들고 정신이 온통 나간

듯, 아니면 무언가를 골똘히 생각하듯 혼자서 천천히 걷는 걸 똑똑히 봤시유."

"그게 참말로 사실이오?"

"사실이잖구유."

이리하여 사내는 누가 강제로 끌고 간 것이 아니라 이른 새벽에 스스로 침대에서 일어나, 남몰래 병실 문을 열고 9층 계단을 걸어 내려가, 그 추운 날씨에 얇은 환자복만 걸치고 운동장을 거닐다가 누워서 동사한 것으로 결론이 났다. 어쩔 수 없이 수사를 그렇게 종결지었지만, 솔직히 말해서 평범한 사람들의 사고방식으로는 쉽사리 납득하거나 이해하기가 어려웠다.

"허허, 그것 참! 귀신이 곡할 노릇이구먼. 휠체어 없이는 한 발짝도 못 움직인다는 사람이 어떻게 그럴 수가 있을까?"

형사반장이 담배 연기를 허공으로 길게 내뿜으며 혼잣말처럼 말했다.

"그러게 말입니다요. 참말로 요상한 일도 다 있습니다요."

옆에서 요양병원 사무장이 약간 아부하는 어조로 즉각 말을 받았다.

"근데, 반장님. 반장님도 그런 말 들어 보셨습니까요?"

"무슨 말을 말이요?"

"사람이 죽기 전에는 반짝! 하고 기운이 돌아오는데, 그래서 오랫동안 앓아 누웠던 사람도 기적적으로 벌떡 일어나서 목욕도 하고 자식들 불러서 유언도 하고 아주 멀쩡하게 행동하다가 죽는다는 그런 얘기 말입니다요."

"하기야 나도 그런 얘기를 들어서 알고는 있소만."

"이번 경우도 꼭 그런 경우라고 생각됩니다. 안 그렇습니까요?"

"허허, 그것 참! 그렇게 믿는 도리밖에 더 있겠소? 내 형사 생활 20년에 별의별 일을 다 겪어 봤지만 이런 일은 또 처음이오."

형사반장은 끝내 석연치 않은 표정을 지으며 애꿎은 담배 연기만 계속 허공으로 길게 뿜어 댔다.

사내의 시신은 뒤늦게 찾아온 전 부인에게 인계되었다. 오래전에 이혼했다는 부인은 무표정한 얼굴로 "아!" "예!" "그래요?" 같은 짧은 대꾸 몇 마디 하는 것 말고는 별말이 없었고, 슬픈 내색도 전혀 하지 않았다. 그리고 설명을 듣는 둥 마는 둥 하더니 병원측에 별다른 항의도 하지 않고, 사무장이 장례비조로 내민 봉투를 말없이 받아들고는 서둘러서 앰불런스를 타고 화장장으로 떠났다. 거품과 눈물 사이의 황무지에서 신기루를 좇아 끝없이 헤매다 쓰러져 버린 사내의 쓸쓸한 시신과 함께.

검은 사랑

박 종 관

엘리베이터가 빠른 속도로 하강한다. 난쟁이 나라처럼 오밀조밀했던 도심이 커지고 넓어진다. 나는 하루에도 몇 번씩 소인국과 거인국 사이를 오르내린다. 타워에 들어서면 나는 아주 작아진다. 그러나 지상에 내려오면 거인이 된다. 이 두 세계 사이의 표고 차는 너무 커서 나는 자주 스파이더맨이 되는 꿈을 꾼다. 거미는 가파른 절벽도 자유자재로 기어오른다.

동생이 아비시니안 새끼를 한 마리 품에 넣고 소리 없이 거실을 나간다. 나 역시 몸을 일으켜 홈을 나아간다. 거실에서 리모컨으로 불러 올린 엘리베이터가 부드럽게 문을 열어 맞아 준다. 나는 엘리베이터를 탈 때마다 긴장한다. 사각형의 밀폐된 공간에 우두커니 서서 벽면의 구름무늬를 바라보면 파파의 영혼을 점령했던 낯선 바이러스가 조금씩 발아하는 것을 느끼게 된다. 부드럽게 피어오르는 무늬 속에서 재미삼아 데리고 놀다가 흘려보낸 계집애들이 하나씩 떠오른다. 그들 중에는 아비시니안처럼 내게 공주 이상의 대접을 받았던 계집애도 있고, 차우차우처럼 아주 짧은 시간 동안만 귀여움을 받다가 가차없이 버려진 애도 있었지만, 모두 다 파파가 겪은 첫사랑과는 멀어도 한참 먼 계집애들이다.

나는 엘리베이터를 탈 때마다 파파에게서 느끼는 묘한 감정을 매번 확인받는다. 나는 절대로 그런 지순한 사랑의 감정을 가슴에 간직할 수 없을 거라는 피해의식과 함께 누군가에 의해 그런 것을 겪어 볼 수 있는 기회를 완벽하게 봉쇄당했다는 분노의 감정이 일어서는 걸 느끼게 된다.

그런데 마마의 지론대로 한다면 이는 모두 다 내 자신이 못난 탓이다. 나는 파파의 천한 피를 물려받아서 어느 때건 값싼 감정에 쉬 휘둘려지는 인간이라고 한다. 그래서 무소불위의 이 위대한 황금신전을 지켜내지 못할 것이라는 게 마마의 평가다. 나는 마마가 누리는 왕사마귀의 삶을 살려면 아직도 많은 훈련과 시험이 필요한 유충에 불과하다고 한다.

그러나 이는 자식에 대해 아는 것도 없고 관심도 없는 마마 혼자만의 오만한 생각일 뿐이다. 나는 지금이라도 당장 파파와 같은 선택의 기로에 선다면 주저하지 않고 황금타워의 부와 명예를 선택할 것이다. 내 몫의 권리를 지켜내기 위해서라면 외할머니나 마마처럼 사위와 남편까지도 기꺼이 내칠 수 있을 것이라고 확신한다. 우리는 지상에서 아무리 좋은 사람을 만나 더할 나위 없이 순수한 사랑을 겪었다 하더라도 타워로 들어서는 순간에는 모든 걸다 잊어야 한다. 이는 왕사마귀의 삶을 사는 이들이 이심전심으로 만들어낸 불문율이다. 그런데 파파는 어리석게도 그걸 어겼다.

타워의 방어시설은 완벽하다. 백이십 미터의 높이로 치솟은 건물은 하나의 거대한 생명체다. 건물 내의 공기를 자동 시스템으로 정화시키고 외부인들의 출입을 이중 삼중으로 감시하고 통제한다. 화재나 지진 같은 재해에서도 스스로의 몸을 완벽하게 방어할 줄 안다. 마찬가지로 이곳의 주민들도 자기네들의 부와 명예를 지켜내기 위해 밤낮으로 촉각을 곤두세운다. 집집마다 패닉 룸을 만들고, 경호원을 두고, 미심쩍은 정황이 포착되면 대리인을 내세워 미행을 붙이고, 고문 변호사를 통해 재산을 수시로 체크한다.

타워는 수도꼭지 하나도 입주자의 체면과 권위를 최대한으로 배려한 곳이어서 딴 생각을 할 겨를이 없지만, 엘리베이터를 타고 홀로 벽면을 바라보고 있으면 이 모든 것들이 다 거짓말일지도 모른다는 의심이 든다. 참으로 위험한 생각이다. 바이러스에 오염된 증거다. 이 신종 바이러스에 오염되면 대번에 증상이 나타난다. 공연히 화를 벌컥벌컥 내게 된다. 눈의 초점이 먼 곳으로 떠나 주위 사람들에게 전혀 신경을 쓰지 못하게 된다. 스스로가 삶의 주인이 아닌 것처럼 끊임없이 회의하게 되고 한밤중일수록 정신이 더욱더 또랑또랑해지는 기이한 불면증에 시달리게 된다. 그러다가 끝내는 자신의 선택 의지를 조종하는 무언가를 인식하게 되어 타워의 분위기를 해치는 불순한 인물로 낙인찍히게 된다. 내가 이른 나이부터 섹스 중독이라는 매우 민망한 병에 걸려 은밀히 정신과 치료를 받게 된 까닭도 이 때문이지 싶다. 파파의 모습을 떠올리면 내 속에서 꿈틀거리는 바이러스의 존재가 더욱더 분명해진다. 내게는 동생이 바이러스를 옮기는 숙주다. 나는 마마의 밀명으로 동생을 감시하는 역할을 충실히 수행했는데 주객이 전도되어 오히려 내 병만 점점 더 깊어 가는 상황이다.

내가 동생을 통해 깨달은 것도 결국은 타워의 주인이 따로 있다는 사실이다. 좀 과장되게 말하자면 입주민들은 모두 그의 대리인에 불과하다. 이들은 모두 명의로만 주인일 뿐이다. 모든 권리 행사는 눈에 보이지 않는 그가 한다. 그런데 정말로 나를 두렵게 하는 건 내가 그것의 정체를 확실히 모른다는 것보다 이곳의 입주자들 모두가 그런 무엇이 있다는 낌새조차 느끼지 못하고 있다는 사실이다. 마마가 외할머니의 사주로 멀쩡한 남편을 정신병자로 몰아 병원에 입원시키는 걸 지켜보면서 나는 그것의 존재를 다시 한 번 분명히 깨달았다.

그런데 참 알 수 없는 의문이 또 하나 생겼다. 이십여 년을 함께 산 남편을 그토록 비정하게 용도폐기시킨 마마는 무슨 까닭인지, 네 못된 아비가 질 나쁜 여자와 관계를 맺어서 상의 한 마디 없이 무작정 데리고 들어온 애라고 멸시하던 동생을 계속 집에 머물게 한다. 동생은 파파가 정확히 20.5년 전에 마마와 결혼하기 위하여 배신한 첫사랑의 여인에게서 얻은 자식이다. 파파의 첫사랑이었던 여인은 떠나간 애인이 다시 찾아갈 때까지 오직 그만을 그리워하면서 싱글을 고수해 왔다고 한다. 나는 이 사실을 파파가 병원으로 강제 이송된 날 밤중에 술 취한 마마로부터 들었다. 첫사랑이라는 말이 마마의 입에서 튀어나왔을 때에 나는 가슴이 저릿해지는 아픔을 맛보았다. 첫사랑이라니! 얼마 만에 들어 보는 말인가? 나는 나와 내 가족이 순식간에 저 지상의 달동네 어디쯤에 박힌 후미진 셋방으로 추락해 버린 것 같은 두려움까지 느꼈다. 나는 그간에 내가 버린 수많은 계집애들의 커다란 눈망울까지 떠올리면서 조금은 처연해진 심정으로 첫, 사, 랑 하고 입 안의 혀를 굴려 보았다. 그런데 혀의 감촉이 영 매끄럽지 못했다. 분명 모국어인데도 마치 바다 너머 먼 남의 나라에서 건너온 말을 처음으로 발음해 보는 것처럼 어색하다. 마마는 그날 밤늦도록 양주를 홀짝이면서 청승을 떨었다. 내 앞에서도 거리낌없이 닭똥 같은 눈물을 뚝뚝 떨어뜨리며 외로움을 호소했다.

그런데 가만히 생각해 보니 눈물도 내게는 첫사랑이라는 단어 못지않게 생소한 것이었다. 나도 내 나름으로는 꽤 열심히 인생을 산다고 살았다. 그런데 마마의 눈물 어린 청승을 괴롭게 들어주면서 밤늦도록 되짚어 보아도 첫, 사, 랑처럼 가슴 저릿해지는 마음으로 눈물을 흘려 본 기억을 찾을 수가 없었다. 그런 추억은커녕 그럴 듯한 슬픔마저도 나는 단 한 번도 느껴 본 적이 없다는 사실만 더욱 분명해진다. 타워를 벗어나 지상으로 내려가면 내게도 사랑을 갈구하면서 질질 짜는 계집애들이 많다. 그러나 그게 진짜 눈물이 아니라는 것은 나보다 그 애들이 훨씬 더 잘 안다. 그럼 그건 뭔가. 눈물이 아니라면 그냥 물인가. 손으로 틀거나 스위치를 누르기만 하면 저절로 콸콸 쏟아지는 수돗물 같은 것인가. 아니면 향기로운 향수를 인위적으로 조합해서 알몸을 담그는 욕조 속의 온수 같은 것인가. 나는 마마의 지겨운 하소연을 건성으로 흘려듣기 위해 눈물을 가지고 별별 가지 공상을 다 했다.

그러나 답을 찾을 수가 없었다. 결국 이 의문은 원인 제공자였던 마마로 인해 해소되었다. 며칠 지나지 않아서 나는 마마의 운전기사가 바뀐 것을 알게 되었다. 나이에 비해 너무나 앳되어 보이는 청년이다. 저건 또 무엇인가? 마마의 첫사랑인가. 그 기사 때문인지, 어쨌든지 마마의 온몸에서는 나, 지금 너무너무 행복하다는 메시지가 아침 식탁에서부터 솔솔 풍겨난다.

나는 마마를 지켜보면서 눈물이 소금기 진한 진짜 눈물이 되기 위해서는 첫사랑과 같은 무엇을 겪어야 한다는 걸 깨달았다. 나는 그때에 처음으로 파파와 마마처럼 이 땅을 살아가는 수많은 사람들에게 애틋한 연민의 감정을 느꼈다. 그런데 애석하게도 눈물은 나오지 않았다. 대신 나는 엉뚱하게도 고베 지진이나 매미 같은 태풍이 연이어 닥쳐서 이 건물을 단숨에 휩쓸어가 주기를 하늘에

다 간절히 빌었다.

　나도 차츰 동생을 닮아 간다. 나도 모르는 이상한 행동을 몽유병 환자처럼 저지른다. 어떤 날은 복면을 하고 타워를 빠져나갔다가 돌아오기도 했다. 또 어느 날 밤인가는 잠을 자다 말고 나가 침실 가운의 허리띠로 아비시니안의 목을 죄기도 했다.

　그러던 어느 날 한밤중에 나는 마마의 침실 앞을 지나다가 운전기사 청년과 알몸으로 부둥켜안은 채 잠이 든 마마의 모습을 보고 말았다. 벌거벗은 몸으로 마마를 품에 안은 사내의 몸은 아름다웠다. 청년이라고 하기에는 참으로 어울리지 않게 무척 보드라운 가슴을 가지고 있었는데도 그랬다. 그런 사내의 품에 안겨 잠이 든 마마의 얼굴도 너무나 행복해 보였다. 나는 처음에 알몸의 여체가 마마가 아닌 다른 계집앤 줄 알았다. 운전기사 청년이 애인을 끌어들여 겁도 없이 마마의 침실에서 밤새 뒹굴다가 곯아떨어진 줄 알았다. 그래서 그 불쌍한 연인이 직면하게 될 무서운 보복을 상상하고는 쓸데없는 걱정까지 했다. 그런데 다시 자세히 보니 여체의 주인은 분명 마마였다. 이십여 년의 세월을 훌쩍 건너뛴 것 같은 마마 얼굴은 참으로 아름다웠다. 타워 전체가 땅속으로 쑥 꺼져 드는 현기증이 몰려왔다. 나는 세상에서 제일 무서운 것을 본 아이처럼 부들부들 떨다가 거실의 의자에 털썩 주저앉고 말았다. 나는 지금까지 마마가 그렇게 행복해하는 얼굴을 단 한 번도 본 적이 없다. 나는 그 순간에 지금까지 내가 보고 느껴 온 모든 것들이 다 거짓이었음을 한꺼번에 깨달았다. 이제 어찌해야 하나.

그런데 바로 그 순간에 나는 또 내 자신의 진면목을 보고 말았다. 나는 어떤 몸짓도 취할 수가 없었다. 정말 아무런 감정도 일지 않았다. 연속극이나 영화 속에서처럼 파파를 위한 최소한의 분노도 표출할 수가 없었다. 마마를 위해서도 마찬가지였다. 그녀를 위해서도 나는 아주 작은 연민의 정도 토해내지 못했다. 그리고 이십대 초반에 든 나 자신을 위해서도 나는 그 어떤 환멸의 웃음도 지을 수가 없었다. 내가 사라지고 없었다. 아무리 찾아도 나를 잡을 수가 없었다. 딛고 선 타워마저 사라진 것 같았다. 현실로 느껴지는 것은 행복에 겨워 깊은 잠에 떨어진 남녀의 알몸이었다. 나는 나 자신의 처지가 너무나 두려워서 아무 소리도 내지 못했다. 오히려 그들이 잠에서 깨면 어쩌나 싶어서 아무 소리도 낼 수가 없었다.

사십 평이 넘는 거실은 사막의 밤처럼 캄캄했다. 커튼을 내리지 않은 통유리 너머로 가없는 어둠의 허공이 펼쳐진다. 그 끝에서 초승달이 날카로운 비수처럼 날을 세운 채 지켜본다. 별빛 한 점 없는 사막의 한가운데를 걸어가는 것 같다. 양탄자 위를 조심스럽게 걷는데도 발이 자꾸 헛놓였다. 가슴이 답답하다. 타워가 아주 조그맣게 변해 달의 아랫부분에 긴 줄로 매달려 있었다. 산소가 부족하다는 게 실감난다. 나는 소파의 등받이로 털썩 몸을 부렸다. 이물스러운 감촉이 뭉클 전해진다. 나는 벌떡 일어섰다. 섬뜩한 두려움이 소름을 돋아 올린다. 동생이었다. 그녀가 아비시니안을 안고 모포도 없이 모로 누워 있다. 나는 동생의 머리 쪽으로 살며시 다가가 조심스럽게 앉았다. 동생의 숨소리는 들리지 않는다. 아비시니안의 숨소리가 너무 커 동생의 마음속에 가득 담긴 어둠이 거친 숨을 몰아쉬는 것만 같다. 가슴이 아릿해지면서 뜨거운 것이 치밀어 오른다. 황급히 입을 틀어막으니 초승달처럼 날카로운 울음이 기도를 비집고 튀어 나오려 한다. 목 안이 찢어지는 듯하다. 나는 동생의 머리를 살며시 들어 무릎 위에 올려놓는다. 동생이 뭔가를 애타게 부른다. 깊은 잠에 떨어져서도 늘 버림받기만 하는 모양이다. 주문을 외듯 누군가를 애타게 부른다. 파파를 부르나? 그러나 그게 아니다. 슈가? 내 귀로 낯선 이름이 들린다. 무슨 소린가. 아니, 누구일까? 첫, 사, 랑? 아니면 교통사고로 위장돼 살해당했다는 그녀의 엄마? 희미한 실루엣으로 동생의 머릿결을 따라 움직이는 가냘픈 손가락을 바라보면서 귀를 기울였으나 그게 무언지는 끝내 알 수가 없다.

나는 오히려 그날 밤부터 누군가가 침실에 들어와 수시로 내 머릿결을 쓰다듬는다는 걸 두려움 속에서 느껴야 했다. 처음에는 동생이 기르다가 행방불명이 된 스네이크가 아닌가 싶어 머리칼이 한꺼번에 일어서는 두려움을 맛봐야 했다. 그런데 잠결에서도 후각을 자극하는 냄새가 익숙했다. 슈가를 부르는 소리도 계속 들렸다. 나는 짓눌러 오는 어둠을 뿌리치면서 힘겹게 눈을 떴다. 잠옷 차림의 동생이었다. 하늘이 진회색의 분화구가 반쯤 잘라져 나온 것처럼 거대한 반원으로 둥실 떠 있다. 동생이 간절한 눈길을 보내온다. 동생의 눈 속에도 달이 떴다. 동생이 내 몸을 일으키려고 애를 쓰면서 자꾸 창 쪽을 가리킨다. 또 슈가를 찾는 것인가. 동생의 품안이 낯설게 느껴진다. 아비시니안의 모습이 보이지 않는다. 아비시니안이 없으니 동생도 자꾸 낯설게 보인다. 몸을 일으킨다. 그녀의 눈길이 창가로 옮겨진다. 키가 작은 동생을 위해 창문을 활짝 열어 준다. 잿빛 분화구는 드넓은 바다로 변해 구름의 파도를 끊임없이 일구어 낸다. 얕게 내려앉은 구름 탓인지 별빛 한 점 보이지 않는다. 지상의 불빛도 흐릿하게 허공으로 흡수되어 몽롱해진다. 구름이 흩어질 때마다 도심 곳곳에서 솟아난 네온도 괴기한 빛으로 나타났다가 사라진다. 동생이 품안에서 뭔가를 꺼낸다. 나는 말없이 지켜본다. 그녀의 모아 쥔 양손에서 흰 물체가 꼼지락거린다. 뭘까? 나는 주춤 물러났다가 창 바깥으로 허리 윗부분을 다 드러낸 동생이 걱정되어 다시 다가간다. 동생의 손에서 몸을 빼려고 몸부림치는 건 아비시니안의 새끼였다. 나는 그제야 아비시니안의 새끼들이 한 마리씩 사라지고 있었다는 걸 기억해 낸다. 무얼 하는 것일까. 동생은 아비시니안과 새끼들을 너무나 아꼈기 때문에 나의 의문은 당연한 것이었다. 동생이 슈가를 연발하면서 손에 쥐고 있던 아비시니안의 새끼를 허공으로 날려 보낸다. 슈가, 슈가. 동생이 눈 깜짝할 사이에 수직으로 낙하해 사라진 새끼를 향해 주문 외우듯이 중얼거린다.

그러나 한 생명을 순식간에 삼킨 허공은 무심한 색으로 조금의 동요도 없다. 동생이 몸을 돌려 나를 다시 빤히 응시한다. 나는 시선을 피해 침대로 올라간다. 동생이 울먹이면서 품안으로 기어든다. 나는 동생을 품에 안고 누워 날이 새면 어떤 일이 있어도 슈가의 정체를 밝혀내리라 다짐한다. 동생은 몹시 힘이 들었는지, 새근거리는 숨결을 토하며 금세 잠이 든다. 나는 생전 처음으로 타인의 숨결을 심장으로 느끼면서 잠을 청했다. 처음에는 잠이 잘 올 것 같지 않았으나 괜한 걱정이었다. 동생의 체온과 그녀의 숨소리는 섹스보다도 훨씬 더 매력적이었다. 나는 타워에 입주한 이후로 가장 달콤한 잠을 잤다.

엘리베이터가 빠른 속도로 하강한다. 난쟁이 나라처럼 오밀조밀했던 도심이 커지고 넓어진다. 나는 하루에도 몇 번씩 소인국과 거인국 사이를 오르내린다. 타워에 들어서면 나는 아주 작아진다. 그러나 지상에 내려오면 거인이 된다. 이 두 세계 사이의 표고 차는 너무 커서 나는 자주 스파이더맨이 되는 꿈을 꾼다. 거미는 가파른 절벽도 자유자재로 기어오른다. 이런 내 마음을 눈치챘는지 마마는 사마귀 얘기를 자주 한다. 사마귀는 왕사마귀가 되기까지 대략 일곱 번 정도 껍질을 벗어야 성숙의 최종 단계에 이른다고 한다. 전체 사마귀 종 중에서 이 단계에 이르는 것은 5퍼센트도 되지 못한다. 마마는 나를 이 5퍼센트 안에 넣기 위해 별별 짓을 다 했지만 내 머리로는 백분지 일도 따라갈 수가 없었다. 고액 과외 교사를 고등학교 3학년까지 달고 다녔지만 성적은 늘 하위권에 머리를 박은 채 꼼짝도 하지 않았다. 인생에 대한 내 생각은 아주 어려서부터 지겹다는 것이었다. 나는 버튼을 누르면 자동으로 문이 열리고 닫히며 오르내리는 엘리베이터가 된 심정으로 십 년 넘는 세월 동안 집과 학원을 아무 생각 없이 오르내렸다. 지금도 나는 마마가 나를 찾으면 내 내부에서 딩동댕 하는 소리와 함께 문이 저절로 열리는 엘리베이터를 본다.

45층에서 내려 미로처럼 뻗은 실내 공원으로 가는 통로로 접어든다. 저만큼 앞서 가는 동생의 뒷모습이 보인다. 어두운 통로의 조명 속으로 조금씩 나아가는 여자아이의 뒷모습은 세련된 옷차림새와는 달리 너무나 위태롭게 보인다. 키와 몸피가 다 처음 그대로인 것 같다. 동생은 조금도 자라지 않았다. 오히려 내 눈에는 하루가 다르게 작아지는 것 같다. 점점 더 자신이 기르는 햄스터며 스네이크를 닮아 가는 것 같다. 타워의 주민들이 공동으로 이용하는 통로지만 전용면적 100평 이상의 VIP룸이 시작되는 46층 이상에서 공원을 찾는 사람은 우리 두 사람뿐이다. 40층 이하의 작은 평수에 사는 사람들은 외부 사람들까지 불러들여 공용시설을 애용하지만 VIP층에 사는 이들은 그런 걸 수치스럽게 여긴다. 41층에서 45층까지에는 수영장, 헬스, 골프 연습장, 사우나, 찜질방, 뷔페가 차려진 접대용 룸과 실내 공원이 밀집되어 있다. 여길 경계로 타워의 생활방식은 천양지차라는 것이 마마의 생각이다.

나는 대리석 층계 앞에서 잠시 서성거린다. 마음이 심란해진다. 모든 것이 다 의심스럽다. 동생을 잘 돌보라는 마마의 명령에서 다른 의도를 본능적으로 알아채는 나 자신도 두렵다. 나도 모르게 새끼 사마귀 노릇을 하는 것 같아 가슴이 답답해진다. 날개라도 돋았으면 좋겠다. 층계를 따라 조성된 외국산 나무 가지에서 작고 귀여운 잎들이 일제히 손을 흔든다. 검은 양복에 깍두기 머리를 한 경호원들이 어른거린다. 그들의 품에서 솟아나던 칼도 불쑥불쑥 나타난다. 무서운 눈으로 끝내 무릎 꿇기를 거부하던 파파도 떠오른다. 소름이 쪽 돋는다. 나는 서둘러 동생의 뒤를 좇는다. 작고 여린 몸에 두 눈이 새빨간 햄스터가 층계를 폴짝폴짝 뛰어올라간다. 동생은 카멜레온 같다. 애지중지하는 동물들을 대번에 닮아 간다. 아비시니안을 총애할 때는 고양이 같더니만 지금은 영락없는 햄스터다. 사람은 사랑하는 이를 닮아 간다고 한다. 동생이 사랑하는 사람은 누구일까. 슈가? 한 번도 들어 본 적이 없는 이름이다. 계단이 끝나는 지점에서 정면으로 바라다보이는 벽에는 파도가 넘실거리는 해수욕장 풍경이 거대한 벽화로 걸려 있다. 와이키키, 지중해, 인도양, 캘리포니아. 나는 어릴 때 다녀온 외국의 해안을 떠올린다. 하늘과 잇대어진 수평선이 파란 크레파스로 몇 개의 금을 덧칠해 놓은 듯 연녹색의 띠로 떠 있다. 그곳에서부터 조금씩 흐려진 하늘이 야자수와 호텔이 밀집한 해변으로 다가올수록 하얗게 변하면서 사라진다. 동생은 그 벽화 아래에 조그만 모습으로 서 있다. 동생은 몇 달째 이 타워를 한 발짝도 벗어나지 못했다. 벽화를 바라볼 때마다 나는 뽕에 취해 계집애들의 젖가슴에 얼굴을 파묻고 있을 때처럼 심한 어지럼증에 시달린다.

그런데 동생은 벽화를 보지 않아도 현기증에 시달리는 듯 갑자기 쓰러지곤 한다. 파파가 그녀의 시야에서 행방을 감춘 후부터 생겨난 증상이다. 동생은 자기 눈높이 이상의 것은 사람이든 물건이든 바라보려고 하지를 않는다. 그래서 자연스럽게 우리는 서로의 모습을 옆에서만 보게 된다. 동생의 얼굴을 전면에서 바라다본 게 언제인지 기억이 가물가물하다. 이제는 동생의 얼굴조차 떠올릴 수가 없다. 그녀의 이마와 눈썹, 눈과 코와 입이 모두 다 생소하다. 동생의 얼굴 대신에 떠오르는 것은 아비시니안이며 스네이크

며 햄스터며 바다거북 같은 것들이다. 어떨 때는 그것들의 이목구
비가 마구 뒤섞인 이상한 모습으로 떠오르기도 한다. 동생을 옆에
서 바라보면 벽시계의 시침과 분침이 6시 5분을 가리킬 때처럼 숙
여진 상태다. 마마를 대할 때면 더 숙여진다.

동생이 공원의 둘레를 따라 듬성듬성 놓인 벤치로 다가간다.
마네킹처럼 표정이 없다. 그러나 그건 처음 보는 이들의 눈에 드
는 겉모습일 뿐이다. 동생은 가끔씩 보일 듯 말 듯한 미소를 짓는
다. 그 애가 잠을 잘 때도 몸에서 떼놓지 않는 애완동물 때문이다.
파우파우가 죽은 후에 동생은 파충류와 거미 종류를 마구 사들였
다. 레인보우리자드나 레오파드게코, 이구아나 같은 도마뱀 종류
부터 현란한 원색의 무늬를 자랑하는 루시아나밀크와 스칼렛킹
스네이크와 같은 뱀 종류를 정성을 다해 길렀다. 그러면서 한편으
로는 햄스터와 같은 쥐 종류와 거북이도 모아 들였는데 가끔씩은
거미와 햄스터가 스네이크들에게 잡혀 먹히는 끔찍한 광경이 연
출되기도 한다. 동생은 누군가의 손길을 애타게 기다리는 것이다.
그러나 나는 어떤 애정도 표시할 수가 없다. 동생의 마음속에서
가족은 이미 오래전에 파충류나 거미 종류로 변했을 거였다.

나는 동생을 그냥 지나쳐 매점 앞으로 간다. 조립식 자재로 앙
증맞은 벌집처럼 예쁘게 지어진 작은 가건물이다. 나는 지상에서
내 연락을 학수고대하고 있을 몇몇 계집애들의 알몸을 잠깐씩 떠

올리면서 일부러 국산 사이다와 콜라를 한 병씩 산다. 투박하게 생겨먹은 유리병을 손에 쥐니 내가 뭔가를 몹시 갈구하고 있다는 게 하나씩의 슬픔처럼 돋아난다. 지상의 그렇고 그런 계집애들은 돈만 아는 것들이다. 도마뱀에게 파먹히던 돼지코 거북이나 현란한 색채로 동생의 희고 가냘픈 목에 걸리던 스칼렛킹스네이크에게 통째로 삼켜지던 병약한 햄스터처럼 하잘것없는 것들이다.

그러나 아무리 그렇게 부정해도 내 호출을 하루에도 수십 번씩 확인하고 있을 그네들의 붉은 눈동자를 생각하면 텅 빈 실내 공원까지 무섭게 느껴진다. 그네들을 생각하면 내가 혼자라는 사실이 너무나 분명해진다. 조금만 방심하면 수많은 햄스터들에게 잡아먹히는 거북이가 될 것 같은 위기감에 땀이 솟는다. 마마의 애인인 운전기사 청년이 커다란 햄스터로 변해 밤마다 내 몸을 파먹는다. 나는 이런 내 마음을 잊기 위해 서둘러 동생 곁으로 다가서면서 콜라를 건네주고 사이다를 마신다. 병의 표면이 차갑다. 바싹 얼려 놔서 손바닥이 얼얼하다. 동생의 작은 얼굴이 살짝 들린다. 빨대를 꼽는다. 너무나 조용한 동작이어서 꼭 한 마리 스네이크가 소리 없이 콜라 병을 휘감는 것만 같다. 동생은 차가운 콜라를 조금씩 빨아들이다가 비명 같은 한숨을 연신 몰아쉰다.

"이거 봐. 하아, 햐하. 이 개구리 알 좀 봐."

너무 차가와 콜라가 목에 걸렸는지 숨이 턱까지 차 오른 동생의 음성은 낯설다. 나까지 숨이 콱콱 막히는 것 같다. 가끔씩 겪는 기이한 언행이었으나 들을 때마다 더욱더 황당해지는 것들뿐이다. 개구리 알? 나는 내가 또 잘못 알아들은 것이 아닌가 싶어서 의아한 시선으로 동생을 본다. 동생은 기다렸다는 듯 기역자로 구부러진 빨대가 꽂혀 있는 콜라병을 자랑스럽게 들어 보인다. 얼마 만에 보는 얼굴인가. 너무나 희고 단아한 얼굴이다. 알몸으로 잠든 마마의 얼굴이 떠오른다. 가슴이 금방이라도 터져 버릴 것만 같다. 이 애가 동생이 아니었다면 얼마나 좋을까. 나는 다시 슬픔을 잊기 위해 엉뚱한 생각을 한다. 시간이 흐를수록 가슴으로 뭔가가 가득 차오르는 느낌이다. 내 뒤를 졸졸 따라다니던 계집애들에게서는 단 한 번도 느껴 보지 못한 감정이다. 이 타워만 없어진다면 나는 뭐든 내 마음대로 할 수 있을 것이다. 무서운 생각이 다시 발아하기 시작한다.

동생이 내민 콜라병의 표면이 번득이는 빛을 쏘아 낸다. 높은 천장에서 쏟아져 내린 인공 햇살이 날카로운 파편처럼 가슴으로 박힌다. 빨대로 마구 엉겨드는 콜라의 기포들도 하얀 방울방울로 들썩이면서 시선을 사로잡는다. 동생의 말을 들어서인지 그것들이 하나씩의 개구리 알처럼 보인다. 마마와 그의 애인인 기사 청년이 감쪽같이 사라진다면 이 타워에서 우리는 콜라병 속의 기포처럼 한몸이 되어 살 수 있을 것이다. 기분이 좋아진다. 내게도 그런 꿈이 있었다니 참으로 놀랍다. 동생은 어떻게 생각할까. 나는 오늘밤에 동생의 방을 몰래 찾아가 꼭 물어 봐야겠다고 다짐한다.

에어컨을 틀었는지 차가운 바람이 분다. 머리 위에서 나뭇잎이 흔들린다. 동생의 볼이며 코며 입 가장자리로도 작은 이파리들이 파르스름한 그늘을 만든다. 내 아이를 두 번이나 수술로 떼어내고 죽은 계집애의 얼굴이 그 위로 겹친다. 어제와 마찬가지로 동생은 또 누군가의 안부를 끊임없이 묻는다. 동생의 난감한 물음에 대해 나는 파파의 모습을 떠올리면서 죽었어, 라는 말만을 반복할 수밖에 없다. 벌써 사흘째다. 동생은 자기만 아는 누군가의 안부를 끊임없이 물어 오는데, 나는 그네들의 이름조차 알아듣지 못한 채 같은 대답만 무수히 반복해 온 것이다. 오늘도 마찬가지다. 나는 정말 아무런 생각도 없이 죽었어, 라는 말을 무책임하게 되풀이한다. 사흘 동안, 매일 두어 시간씩 나는 얼마나 많이 이런 말을 되풀이해 온 것인가. 그런데도 내 귀로는 아직도 하나의 고유명사가 잡히지 않는다. 아주 미세하게 달싹거리는 동생의 입술이 무엇을 저렇게 끊임없이 지칭하고 있는 것인지 도무지 알아들을 수가 없다. 그러나 그게 무엇이고, 누구이건 간에 그들은 아무 상관도 없는 나에 의해 차례로 익명화되면서 죽어 간다. 안타깝다. 한집에서 살아가는 동생과 나도 자꾸 멀어지는 느낌이다. 화가 치민다. 그것들이 누구이고 무엇이건 간에 다 죽여 버리고 싶다. 나는 다시 결심한다. 지금이라도 당장 동생의 입에서 토로되는 그것의 정체가 밝혀지면 그놈을 반드시 죽여 없애고 말겠다고.

"XXX는 어찌 되었지?"

"죽었어."

"그럼 XX는?"

"죽었어."

"XX도?"

"죽었다니까."

기분이 참 더럽다. 오늘도 실패다. 도대체 그는 누구인가. 동생의 마음을 그토록 모질게 사로잡고 있는 건 도대체 무엇이란 말인가. 오늘도 우리는 의문의 대사만 두어 시간이나 되풀이한 뒤 공원을 나왔다. 몹시 피곤하다. 홈으로 돌아올 때는 내가 앞장을 선다. 발길이 자꾸 엇나가 엘리베이터를 탈 때까지 몇 번이나 넘어질 뻔 한다. 그래서 내 머리도 정각 6시 3분 전을 가리키는 벽시계의 분침처럼 자꾸 숙여진다. 나와 동생은 어쩔 수 없이 타워의 방을 한 칸씩 차지한 오누이답게 닮은꼴이다. 내 방으로 들어와 창을 연다. 동생이 아비시니안의 새끼처럼 무한 허공으로 직하하는 모습이 자꾸 떠오른다. 슈가? 그를 찾아야 한다. 나는 서둘러 컴퓨터의 전원을 켠다. 인터넷에 접속하여 애완동물을 검색어로 넣고 엔터키를 누른다. 수십 개의 사이트가 뜬다. 나는 그 중 한 사

이트에 접속하여 슈가를 입력하고 다시 엔터키를 누른다. 동생을
사로잡고 있던 슈가는 다람쥐과에 속하는 슈가 글라이더였다.

슈가 글라이더Sugar Glider—하늘다람쥐 혹은 날다람쥐처럼 다리
사이의 비행막을 사용하여 나무와 나무 사이를 300피트까지
날아다니는 야행성 동물이다. 아주 귀여운 모습이 사람을 매혹
시키기에 충분하다. 먹이 습성도 까다롭지 않아서 해바라기씨
나 야채, 각종 열매, 고구마, 당근, 오이 등을 잘 먹는다. 단백
질 사료는 강아지나 고양이 사료로 대체할 수 있어 아파트에서
도 기를 수 있다. 슈가 글라이더는 수컷 한 마리가 여러 마리의
암컷을 거느린다. 캥거루처럼 주머니를 이용하여 새끼를 키우
고 임신 기간은 아주 짧아서 16일 정도다. 한 번에 1~3마리의
새끼를 낳는데, 갓 태어난 새끼의 무게는 0.198그램 정도로 아
주 작다. 새끼는 어미의 주머니에서 젖을 먹고 자라다가 10일
정도면 눈을 뜨고, 1개월쯤 지나면 젖을 떼는데 얼마 동안은 어
미의 배나 등에 붙어서 이동한다.

날이 밝았다.
거실이 무척 소란스럽다. 나는 잠옷 바람으로 방을 나온다. 낯
선 사내들이 여럿 서성거린다. 형사들과 신문기자들이라고 한다.
마마는 운전기사의 품에 소녀처럼 안겨서 손수건으로 눈물을 찍

어내는 중이다. 마마도 동생처럼 슈가 글라이더가 되고 싶은가 보다. 그래서 첫사랑을 닮은 아들을 낳아 타워 밖의 먼 미지의 세계로 날아가기를 꿈꾸는가 보다. 나는 밤새 악몽에 시달렸다. 운전기사 청년이 우두머리가 된 수많은 햄스터들이 나를 또 공격해 왔다. 나는 슈가 글라이더로 변해 동생을 등에 태우고 탈출을 감행했으나 웬일인지 날아오를 수가 없다. 동생이 보이지 않는다. 아비시니안은 남은 새끼를 데리고 베란다에 누워 있다. 나는 동생의 방으로 걸음을 옮긴다. 방문 앞에서 형사들이 세시한다. 키가 작은 형사가 머리를 가로로 흔들면서 동생이 한밤중에 허공으로 몸을 날렸다고 말한다. 슈가? 나도 모르게 튀어 나온 말이다. 동생이 슈가가 되어 떠났다고? 형사의 얼굴에서 긴장감이 흐른다. 신문기자들도 다가온다. 나는 시선을 돌려 유리 바깥을 바라본다. 거실을 훤히 들여다보는 잿빛 허공이 거대한 버섯구름을 일으킨다. 어디서 또 핵실험을 하는 모양이다. 현기증이 인다. 다시 정사각형의 엘리베이터에 갇혔다는 생각이 든다. 누군가가 누른 버튼에 의해 열리고 닫히는 철제문 속의 나는 이제 아무 짓도 할 수가 없다. 나는 나를 조종하는 무엇인가를 위해 존재할 뿐이다. 그러나 두렵지 않다. 형사들이 소파로 데리고 가더니 앉기를 청한다. XX는? 죽었어. XXX도? 죽었어. 나는 동생과의 대화를 떠올리면서 잿빛 버섯구름 속을 날아가는 한 마리 슈가 글라이더를 본다.

내가, 아니 마마가 0.198그램의 작은 새끼로 위태롭게 매달려 거대한 벽화 속으로 빨려들어간다. 어디선가 타임아웃을 알리는 긴 호각 소리도 울려난다.

모래 세수

배명희

"이 따위 말도 안 되는 대본으로 뭘 찍겠다는 거야." 말도 안 되는 대본으로 작품을 만든 게 한두 번인가. 말이 되는 것과 안 되는 것의 차이는 시청률이 결정했다. 감독이나 내가 아니었다. "그럼 여기서 뭘 찍어야 하는데. 응. 뭘 어떻게 하라고." 감독이 순식간에 어깨를 움켜잡았다.

뼛속까지 스미는 냉기 때문에 잠이 깼다. 오리털 점퍼를 입고 털목도리를 두른 채였다. 날이 밝으려면 아직 멀었다. 한낮의 열기가 그리웠다. 내일까지는 촬영을 끝내야 한다는 생각이 머리를 짓눌렀다. 나는 눈을 감은 채 애벌레처럼 둥글게 등을 말았다.

에즈딘이 부스럭대며 일어나 텐트를 나갔다. 얼음판 위에 누운 것처럼 차가운 피가 몸속을 돌아다녔다. 움직이면 나을 것 같아 신발 속에 벗어 넣어 둔 양말을 꺼내 신고 침낭을 빠져나왔다. 한 줌의 온기도 느껴지지 않는 침낭에서 코를 골며 자는 감독이 부러웠다.

지평선 아래는 이글대는 태양이 수많은 황금 고리를 걸고 있을 시각이었지만 지평선 위 세상은 먹물에 잠겨 있다. 차갑게 번쩍이는 주먹만한 별이 손에 잡힐 듯 내려와 있었다. 에즈딘이 나무를 가져와 불을 피웠다. 나무는 연기도 올리지 않고 탄다. 너울대는 불의 온기를 받는 몸 쪽이 따뜻해졌다. 양손을 불 가까이에 가져 갔다. 에즈딘이 벌건 숯덩이와 뜨거운 재를 쑤석이더니 물이 담긴 페트병을 올렸다.

"타지 않을까요?"

금방이라도 병이 녹아 물이 쏟아지지 않을까 염려가 되었다.

"괜찮아요. 사막에서는 늘 이렇게 해요."

에즈딘은 기다란 나뭇가지로 뜨거운 재를 그러모아 페트병 주변에 쌓아올렸다. 불길이 잦아든 모닥불에 고구마나 감자를 집어 넣는 것과 흡사했다. 구멍이 날지도 모른다는 예상과 달리 1.8리 터짜리 페트병은 멀쩡했고 속에 든 물은 따뜻해졌다.

에즈딘은 병의 물로 얼굴과 손을 깨끗이 닦았다. 알라에게 올 릴 첫 번째 기도 시간이었다. 그가 머리를 향한 곳이 메카일 것이 다. 기도가 끝나갈 무렵 태초에 하늘과 땅이 갈라지듯 지평선이 윤곽을 드러냈다. 새털을 던져 놓은 듯 주홍색 구름이 넓은 하늘 에 드문드문 흩어져 있었다. 점점 환해지는 대기에 모닥불은 빛을 잃어 갔다. 바닥에 엎드린 에즈딘의 등에 어둠과 밝음이 뒤섞인 검붉은 색조가 드리웠다. 새벽은 물속에 잠긴 것처럼 고요했다. 지평선 위로 태양이 떠오르는 동안 사막은 시시각각 색깔이 변해 갔다.

사위어 가는 불길을 보며 나는 몇 번이나 손가락을 움찔거렸다. 완벽한 구도였다. 말이나 문자로는 표현할 수 없는 경건함을 카메라로 포착하고 싶었다. 하지만 나는 예배가 끝날 때까지 움직일 수 없었다. 무슬림들이 기도할 때는 함부로 촬영하지 말라는 충고를 떠올려서가 아니었다. 이곳 어딘가에 길을 물어 보고 싶은 존재가 있을 것 같았다.

태양은 빠른 속도로 치솟았다. 아침식사 후, 나와 에즈딘은 유목민의 집으로 갔다. 감독은 대본을 수정한다는 핑계로 텐트에 남았다. 녹색 얼룩 하나 찍혀 있지 않은 돌산이 집 뒤쪽 멀리에 배경으로 서 있다. 돌로 된 산뿐만 아니라 이곳의 모든 것이 뜨거운 열기와 바람에 침식되어 갔다. 송이버섯처럼 생긴 바위는 얼마나 오랜 세월을 서 있는 것일까. 이 모든 것은 언젠가는 모래로 변할 것이다. 그때까지 차가운 물이 솟는 샘이 남아 있을까. 먼 훗날이 아니라 지금 전기도 수도도 없는 사막을 떠나지 않는 남자를 이해할 수 없었다. 낙타털과 염소털로 만든 천막에 남자를 잡아두는 것이 무엇인지 궁금했다.

유목민 남자는 커튼처럼 드리워진 문을 들췄다. 남자의 어깨 뒤로 어둑한 공간이 보인다. 남자는 내키지 않은 태도로 우리를 맞이했다. 텐트 안으로 발을 들여놓자 시원한 공기가 얼굴을 만졌다. 사막의 공기는 불가사의했다. 달걀이라도 구울 듯 뜨겁다가도 그늘에 들어서면 순식간에 등이 서늘해졌다. 나무 그늘에 앉아 밥을 먹다가 추워서 햇볕으로 자리를 옮긴 적도 있었다.

처음 만나던 날, 피부가 까무잡잡하고 턱수염을 기른 남자는 커피를 내왔다. 바로 이 자리에 앉아서 남자는 쾌활한 어조로 말했다. 지금은 비가 내리는 겨울철이라 사막 깊숙이 들어와 있지만, 덥고 건조한 여름에는 물을 공급받을 수 있는 오아시스 부근으로 간다. 양의 먹이가 되는 목초지를 따라 이동한다는 남자의 말을 에즈딘이 옮겨 주었다. 그날, 친절했던 남자는 커피의 첫 잔을 자신이 먼저 마셨다. 안심하고 먹어도 좋다는 표시. 두 번째 잔을 우리에게 내밀었다. 우선 맛을 보라는 의미. 세 번째 잔이 비로소 정식으로 마시는 접대의 커피라고 했다. 커피는 사막을 건너느라 쌓인 피로가 풀릴 만큼 자극적이었다. 뜨겁고 진하고 달콤한 음료. 첫날 마셨던 커피가 그리웠다. 하지만 오늘, 유목민 남자는 아무것도 내놓지 않았다. 우리는 남자에게 아무것도 아닌 부류가 되어 버린 걸까.

사막에는 물도 식량도 양이 정해져 있다. 그래서 유목민들은 적과 아군의 경계가 분명하다고 했다. 적으로 간주되는 순간 목숨을 보장받을 수 없는 것이다. 게다가 명예를 중시하는 사람들이라 무시를 당했다고 느끼면 피의 보복을 단행하는 경우가 있다고 했다.

유목민의 두 눈이 강인하게 빛났다. 나도 모르게 어깨가 움츠러졌다. 우리가 유목민의 명예에 아무런 짓도 하지 않았길 빌었다. 비닐로 꽁꽁 싸매둔 카메라를 푸는 게 무엇보다 중요했다.

표정만으로도 내용이 짐작되는 말들이 오갔다. 남자는 어처구니없다는 얼굴로 에즈딘과 나를 번갈아 쳐다보았다. 우리가 원하는 것은 사막 사람들의 생활 몇 컷이었다. 그래서 사막 깊숙이 살고 있는 외딴집을 찾은 것이다. 사방 몇백 리 안에 다른 사람은 없는 곳이라 오지 탐험이라는 프로그램의 취지에도 적합했다. 유목민이자 이슬람인의 독특한 생활방식, 굳이 토를 달자면 그 정도였다.

촬영 콘티를 받아들었을 때 재미있는 물건이 나올 것 같아 카메라를 쓰다듬고 싶을 정도였다. 아이템은 방송에서 심혈을 기울여 찾는 '조금 특이하네'에도 잘 맞았다. 오늘은 또 무엇이 문제란 말인가. 에즈딘이 유목민을 설득하지 못한다면 아무것도 할 수 없었다. 유목민은 영어를 모르고, 감독과 나는 아랍어를 하지 못한다. 한국말을 할 줄 아는 에즈딘이 유목민과 우리를 이어 주는 유일한 통로였다. 그가 필요한 말을 구사하지 못한 적은 없었다. 자신의 생각이 잘 전달되지 않았다 싶으면 몇 번이나 다른 예를 들 정도의 실력을 갖고 있었다. 혹시 에즈딘에게 다른 문제가 있는 것은 아닐까 하는 의혹이 스쳐갔다.

유목민은 벌떡 일어나더니 손가락으로 문을 가리켰다. 에즈딘은 난감한 얼굴로 일어났다. 나는 나가고 싶지 않았다. 이곳에 몸을 길게 눕혀 달게 한숨 자고 싶었다. 모래 바닥에서 이틀 밤을 떨면서 지새웠다. 컨디션이 좋지 않아서인지 사람의 체취가 스민 텐트에 머물고 싶었다. 숭고한 감정을 불러일으키던 사막의 경이로움은 잠시였다. 할 일이 없는 시간, 일을 할 수 없는 하루가 일주일만큼 길었다. 뭔가 잘못되어 간다는 불안이 나를 조금씩 갉고 있었다.

유목민은 에즈딘과 내가 나가는 것을 지켜보았다. 밖으로 나오자마자 날카로운 광선이 눈을 공격해 왔다. 집을 나와 아쉬운 마음에 뒤돌아보았다. 아이들 셋이 천막 자락 뒤에 숨어 얼굴을 내밀었다. 여섯 개의 까만 눈동자가 흑요석처럼 반짝거렸다.

에즈딘은 아이들을 보고 미소를 지으며 손을 흔들었다. 엉겁결에 나도 아이들을 향해 번쩍 손을 들어올렸다. 까만 눈이 박힌 세 개의 갈색 얼굴에 천진한 웃음이 번졌다. 계집아이 하나와 사내아이 둘, 햇볕에 탄 얼굴이 반질반질 윤이 났다. 아이들은 작은 새 같은 웃음소리를 내면서 몸을 감췄다.

이런 오지에 학교가 있는지 궁금했다. 아이들은 글자도 모르는 채 어른이 되는 것일까? 사자처럼 용맹한 부족의 후예라는 유목민 남자는 사막 바깥에 다른 세상이 있다는 것을 알기나 할까. 문명의 혜택은커녕, 인류가 이룩한 것이 무엇인지도 알지 못하고 일생을 마치는 것은 아닐까. 태양과 모래와 돌산에 둘러싸여 양을 치는 삶이 전부일까. 지금까지 살아온 어른들은 그렇다 치고 아이들은? 아무리 들여다봐도 구도가 잡히지 않는 장면처럼 막막했다.

쫓겨나다시피 집을 나온 에즈딘과 나는 낮은 구릉을 넘어 뒤로 갔다. 키가 작은 나무 몇 그루가 성긴 그늘을 만들고 있었다. 우리는 나무 옆에 주저앉았다. 막막하게 펼쳐진 사막을 보는 에즈딘의 눈에는 열기가 차 있었다. 잘못 보았을까? 빛의 파편이 아니라 분노인가. 어쩌면 사막의 정적일 수도 있었다. 눈앞에 펼쳐진 것은 모래와 돌산뿐이었다. 이곳에 들어올 때 찍어 놓은 발자국은 사라지고 없었다. 바람은 뱀처럼 은밀히 움직이며 흔적을 지워 나갔다. 대신 파도가 밀려왔다가 물러나는 것처럼 모래의 물결을 만들었다. 시간은 점령군에게 사로잡힌 포로와 같았다. 예정된 날에 낙타가 오지 않는다면 남은 생을 사막에서 보내야 할지도 모른다는 엉뚱한 생각이 들었다.

감독은 허공에 담배 연기를 날리며 기다릴 것이다. 유목민은 도와줄 생각이 없는 것 같았다. 어제는 그렇다 치고, 오늘은 또 왜? 말이 통하지 않으니 답답했다.

촬영지가 시나이 반도의 오지 마을이라고 했을 때 나는 황량한 사막과 낙타를 떠올렸다. 모세가 자기 민족을 이끌고 이집트를 탈출해 헤맨 광야, 굴종의 삶을 벗어나 참된 자유를 찾기 위해 신에게 계율을 받은 장소였다는 것을 생각해 낸 것은 사막을 본 후였다. 모래와 구릉, 검붉은 돌산과 이글대는 태양. 이곳은 어디를 둘러보아도 같은 광경이었다.

"싫대요?"

"자기들은 염소 똥으로 약 같은 것을 만들어 먹지 않으니까 그런 건 촬영할 수 없다고 해요."

"염소 똥을 직접 먹는 게 아니라면, 그것을 재료로 해 약을 만들어 먹지는 않는대요?"

에즈딘의 옆모습을 쳐다보았다. 미간이 그리스의 신상처럼 솟아 있다. 이마에서 곧게 뻗어 내린 콧날과 입술이 잘 다듬은 대리석 조각 같았다. 저 잘생긴 얼굴만 몇 컷 넣어도 프로그램은 살 것이다. 기다란 속눈썹과 갈색 눈동자, 황금빛 사막에 어울리는 검은 눈썹과 머리칼, 한시라도 빨리 카메라를 돌리고 싶어 손가락이 근질거렸다.

"어제 일로 단단히 화가 난 모양이에요."

어제는 낙타 오줌으로 목욕하는 장면을 찍자고 했다. 낙타 오줌은 작가가 설정한 세 가지 아이템 중 하나였다. 하루에 한 가지씩 사흘에 걸쳐 촬영을 끝내려고 했다. 에즈딘은 유목민에게 촬영 일정과 세부 사항에 대해서 설명했다. 에즈딘의 말이 끝나고 잠시 침묵이 흘렀다. 남자가 매부리코를 찡그렸다. 강철로 만든 화살

같은 남자의 눈빛이 감독의 얼굴에 날아와 꽂혔다.

'우리가 사는 곳에는 물이 있다. 물이 있는데 왜 낙타 오줌으로 목욕을 하나? 세상에 낙타 오줌으로 목욕하는 인간이 있으면 데려와 봐라. 아니, 당신들이 먼저 낙타 오줌으로 목욕해라. 그러면 나도 목욕하겠다.'

"무슨 소리냐? 철저히 조사한 건데. 내용의 출처까지 밝혀 둔 거야. 없는 사실을 만들어 찍으려는 게 아니라고."

감독은 유목민의 코앞에 대고 콘티를 마구 흔들었다.

"우리가 마음대로 만든 게 아니라, 세계적으로 인정받는 학자가 쓴 책에서 조사한 거야."

감독은 세계적으로 권위를 부여받은 증거를 들이대지 못하는 게 못내 아쉬운 것 같았다. 유목민은 으르렁거리듯 말했다. 분노를 자제하느라 턱수염이 미세하게 떨렸다. 감독은 남자를 설득하려고 몸짓 발짓을 해가며 애썼다. 감독은 영어를 섞어 말하다가 남자가 알아듣지 못하자 돌아서 주먹으로 자신의 가슴을 쳤다. 감독의 목소리가 커졌고 목에는 굵은 힘줄이 솟았다. 객관적이거나 세계적인 학자거나 철저한 자료 조사라는 것을 강조해도 소용없었다. 낙타 오줌에 목욕을 하지 않는다는데, 그런 사람은 본 적도 없다는데 무슨 말이 필요하겠는가.

아랍어를 할 줄 안다면 감독은 흥분하여 목소리를 높이지 않을 것이다. 차분히 설득하고 회유하고 달래고 얼러서 촬영을 했을 것이다. 하지만 말이 통하지 않으니 어떤 시도도 소용이 없었다. 에즈딘과 남자를 번갈아 보며 감독은 설득하고 부탁을 했다. 아무것도 할 수 없는 나는 감독의 끈기와 인내가 감탄스러웠다.

카메라를 잡은 지 십 년이 넘은 지금, 처음의 열정과 사명감은 강물에 떨어진 눈처럼 흔적도 없이 사라졌다. 나는 습관적으로 카메라를 돌리고 건성으로 파인더를 들여다본다. 애써 신경을 곤두세우지 않아도 그런대로 그림은 나와 주었다. 내가 찍어내는 영상처럼 아쉽지 않을 만큼 사람이 왔고, 또 쉽게 멀어졌다. 모든 게 밀물과 썰물 같았다. 무언가 빠진 것 같은데도 일상은 순조롭다. 그런데 좌표를 잃은 배가 물 위를 떠다니는 것 같다. 막연히 불안하고 적당히 안전한 일상. 서른 후반의 나이가 걸어오는 인생의 태클인가 싶은 날들의 연속이다.

내가 엉뚱한 생각을 하는 사이에 감독은 같은 말을 몇 번씩 되풀이했다. 남자의 얼굴은 시간에 비례해서 일그러져 갔다. 팽팽하게 당겨진 고무줄이 끊어지듯 어느 순간 남자는 사자처럼 고함을 질렀다. 우리는 집 밖으로 내몰리다시피 나와야 했다. 아쉬운 것은 우리였지 남자가 아니었다. 감독은 양팔로 머리통을 감싸안았다. 어제는 그렇게 지나가 버렸다.

"우리에게는 똥을 삭혔다가 위에 뜬 맑은 물을 약으로 썼다는 처방이 전해 오죠. 혹시 그런 식으로 옛날부터 전해지는 민간요법 같은 건 없을까요? "

"민간요법?"

"과학적으로 약효가 인정된 것은 아니지만 오랜 경험으로 효과가 있다고 사람들이 믿고 있는 치료법 같은 거예요."

"사람의 똥, 어디가 아플 때 쓰는 거예요?"

에즈딘이 진지한 목소리로 물었다. 그 약을 썼다는 사람은 본 적이 없다고 말하려다 나는 꿀꺽 침을 삼켰다. 머리에 저장되어 있는 것을 보면 어디선가 읽었거나 누구에게 들었을 것이다. 돌아가신 할머니에게 들은 걸까, 아니면 옛날이야기? 무협지나 야담집? 심하게 두들겨 맞거나 사고로 온몸에 타박상을 입고 목숨이 경각에 달렸을 때 그런 치료법을 써왔다고 했다. 과학적인 치료법이 없었던 오래전의 일이라는 말을 덧붙였다. 혹시 우리 민족을, 그 일원인 나를 야만스럽게 생각할까 봐 우려가 되었기 때문이다.

다시 한 번 남자를 설득해 보자. 어느 곳이나 이런 믿기지 않는 비법이 한 가지씩은 있을 것 아니냐. 그런 눈으로 나는 에즈딘을 쳐다보았다. 감독에게 가서 거절당했다고 하는 것이나 한 번 더 유목민을 설득하는 것이나 들이는 노력은 마찬가지였다. 나로서는 에즈딘의 몫인 유목민을 상대하는 쪽이 편했다. 남자는 감독이나 에즈딘에게 하는 것처럼 내게는 소리를 지르거나 곧바로 분노를 표출하지 않았다.

천막 밖에서 에즈딘이 인기척을 냈다. 남자는 흰색과 검정색 줄무늬가 있는 터번을 쓰고 있었다. 유목민은 다시 나타난 우리를 바라보며 할 수 없다는 듯 양 어깨를 위로 한 번 들어올렸다 내렸다. 남자가 따라오라고 손짓을 했다. 수염이 씰룩이도록 화를 내봐야 소용없다는 생각이 든 것일까.

이곳은 낙타가 없으면 한 발도 나갈 수 없는 오지였다. 약속한 날에 낙타가 우리를 데려가기 전까지는 싫어도 봐야 하는 처지였다. 태양은 정수리에 떠 있다. 둥근 그림자가 발에 밟혔다. 사막의 열기가 아지랑이처럼 올라와 눈앞에 어른거렸다. 에즈딘이 주머니에서 선글라스를 꺼내 썼다. 사막 사람들은 발자국만 보고 언제 사람이 지나갔는지, 남자인지 여자인지, 여자라면 임신을 했는지의 여부를 판별할 수 있는 능력이 있다고 했다. 남자가 몸을 감추면 우리는 어떻게 될까. 나보다 머리 하나는 더 올라온 에즈딘과 사막 사람은 성큼성큼 잘도 걸었다. 그들과 너무 멀어지지 않게 걸음을 재게 놀렸다.

한 시간 이상을 걸어 도착한 곳은 돌산의 계곡이었다. 멀리서 볼 때는 풀 한 포기 있을 것 같지 않았는데 가까이 가니 녹색 식물들이 여기저기 군락을 이루고 있었다. 남자는 익숙한 몸짓으로 돌산의 협곡을 가로질렀다. 남자는 눈에 띄는 식물을 가리키며 이것은 염소가, 저것은 낙타가 먹는 풀이라고 일러 주었다. 남자는 때로 허리를 구부리고 앉아 풀을 캤다. 내 눈에는 죄다 비슷하게 보이는 식물이었다.

"이것이 열을 내리는 약초랍니다."

에즈딘이 건네준 풀 한 포기를 받아들었다. 남자는 우리에게 이것을 보여주려고 숨막히는 열기 속을 한 시간 이상 걸었다. 카메라를 들고 오지 않은 것이 안타까웠다. 이것이 나의 한계였다. 언젠가 내가 다큐멘터리를 하고 싶다고 했을 때 감독이 말했다.

우리는 죽었다 깨어나도 다큐멘터리는 안 돼. 잘 나가는 연예인들의 젖가슴이나 찍으며 희희낙락 하루하루 밥벌이에 연연하는 배짱으로 삶의 진실을 캐기 위해 배를 곯으며 카메라 한 대로 지구촌을 돌아다닐 수 있겠어? 자신과 타인까지 객관적으로 볼 수 있는 감독의 통찰이 감탄스러웠다.

약초가 뭉개지지 않게 길이로 접어 주머니에 넣었다. 혹시 나중에 필요할지도 모른다. 땀은 흐를 사이도 없이 증발했다. 뺨을 문지르면 소금 결정체 같은 자잘한 알갱이가 손바닥에 쓸렸다. 남자는 계곡 사이를 기민하게 오르내렸다. 남자의 강한 몸과 거침없는 눈빛을 보며 나는 깨달았다. 몬도가네식의 기이한 삶의 행태 같은 것은 어디에도 없다. 그렇게 생각하고 싶어하는 이방인이 있을 뿐이다. 우리는 아무것도 찍지 못할 것이다. 무거운 납덩이가 가슴 밑바닥으로 툭 소리를 내며 떨어졌다. 입 안이 타들어 가는 것은 작열하는 태양 때문만은 아니었다.

목구멍을 넘어간 물은 피부를 통해 금방 대기 중으로 날아갔다. 수시로 물을 마시는데도 피부가 나무껍질처럼 건조했다. 사막에서는 주검도 소멸되지 않을 것 같다. 사막 사람들은 미라를 보고 죽음 이후의 삶이 있다고 생각했을지 모르겠다. 이곳이 아닌 저곳. 잠시 육신을 떠난 영혼이 돌아올 때를 대비했을까. 천당, 혹은 약속의 땅에서 살기 위해서. 나의 저곳에는 무엇이 기다리고 있을까.

나는 혀를 길게 빼문 개처럼 헐떡거렸다. 쉴 곳이 없는 사막은 내처 걷는 수밖에 없었다. 돌아가는 길은 올 때보다 힘들었다. 나는 발을 질질 끌다시피 했다. 낙타라도 타고 올 것이지, 우리를 골탕 먹이려는 수작이 아닌가 싶었다. 입 안에 모래가 버석거렸다. 생수 병의 뚜껑을 비틀었다. 입 안 가득 물을 머금고 조금씩 목구멍으로 내려 보냈다. 미지근한 물이 식도를 타고 위 속으로 흘러가는 느낌이 진저리칠 정도로 선명했다.

물병이 바닥을 드러냈다. 목젖이 점점 안으로 말려 들어갔다. 다리가 후들거려 금방이라도 꺾어질 것 같았다. 유목민은 나를 돌아보더니 조금 천천히 걸었다. 지금은 옛날처럼 완전한 유목 생활을 하는 사람은 10%도 안 된다. 자신처럼 계절에 따라 거주지를 옮기는 반유목 생활을 하거나 도시에서 정착하는 사람이 점점 늘어 간다. 에즈딘의 목소리로 남자의 말을 들었다.

남자의 상반신을 파인더 안에 넣어 보았다. 줌으로 당겨 얼굴을 화면 가득 채우고, 남자의 어깨 뒤로 펼쳐진 사막으로 천천히 카메라를 돌린다. 코발트빛 하늘과 2시 방향으로 기울어진 태양, 배경처럼 멀리 물러난 돌산과 모래 구릉, 흰색 원피스 같은 옷을 입은 남자의 상반신을 클로즈업한다. 남자의 말을 전달해 주는 에즈딘의 통역은 성우의 목소리를 입힐 가능성이 크다. 상상 속에서 카메라를 돌렸다. 이 정도 그림으로는 시청률이 나오지 않는다. 더 자극적이고 선정적이어야 한다. 작가가 넘겨준 대본은 기발하고 재미있었다. 그대로만 찍는다면 승산이 있다.

하지만 아무것도 찍지 못했다. 최악의 경우 외주를 받은 프로그램에서 손을 떼야 할 것이다. 케이블 방송에서도 언제부터인가 젊은 피가 대우를 받고 있다. 감독과 나는 새로운 것을 시도하기에도, 포기하기에도 어정쩡한 나이였다.

뜨거운 태양은 살인을 하거나 자신의 과거를 털어놓게 만드는 힘이 있는 모양이다.

"한국에서 공부를 할 때 아이엠에프가 터졌어요."

암울하고 황당했던 시기, 다니던 회사는 그때 망해 버렸다. 결혼하고 싶던 사람이 있었는데 청혼도 하지 못했다. 직장과 함께 그 사람도 잃었다. 그도 나처럼 생각할지 모르겠다. 터널 속으로 끝없이 밀려 가는 것 같았다. 내가 할 수 있는 것은 사진을 찍는 것뿐이었다. 나는 여기저기 떠돌며 파인더를 통해 사물을 보았다. 끊임없이 셔터를 눌러 댔다. 카메라에는 필름이 들어 있지 않았다. 그래서 그때의 사진은 한 장도 없다. 내게 그 시절은 빛이 들어가 인화할 수 없는 필름과 같았다.

"삼 개월 만에 가져간 돈이 다 떨어졌어요. 아르바이트를 하려고 알아봤더니 외국 학생의 부업은 불법이었어요. 하지만 일을 하지 않으면 공부를 계속할 수가 없었어요."

에즈딘을 이해할 수 있었다. 공부만 아니라 목숨을 끊은 사람도 있었다. 그때 감독도 죽고 싶다는 말을 입에 달고 살았다. 부모와 아내와 아이가 있던 감독은 죽지 못했다. 죽고 싶다는 말은 살아야겠다는 의지의 표현이었을까. 자본주의적인 생계에 대한 공포가 사람들을 공황에 빠뜨린 때였다.

"세탁소, 규모가 작은 공장, 공사 현장, 호객 행위를 하는 속칭 삐끼까지 안 해본 일이 없었어요."

에즈딘은 카이로 대학을 나온 엘리트였다. 지금 이곳에서 감독의 직업적 능력이 쓸모없는 것처럼, 외환위기에 빠진 한국에서 그의 지성과 능력이 무슨 소용이 있었겠는가.

유목민은 두어 걸음 앞에 가고 있다. 지친 것은 나 혼자였다. 사정없이 내리꽂히는 햇살 때문에 머리가 프라이팬처럼 달아올랐다. 사막 한가운데에 선캡만 달랑 쓰고 오는 우둔함이라니.

하늘과 닿은 지평선 끝에 성냥갑 크기의 텐트가 서 있다. 시야에 들어왔으니 곧 도착할 것이다. 구름 한 점 없는 푸른 하늘이 바다로 착각될 만큼 시원하게 보인다. 흰 옷자락을 펄럭이며 걷는 남자와 청바지와 면셔츠를 입은 에즈딘, 황금빛 모래에 부딪쳐 사방으로 날아오르는 햇살. 한 장의 커다란 사진 속으로 들어간 것 같다.

"매일 밤 이집트로 돌아오는 비행기를 타기 위해 공항에서 서성대는 꿈을 꾸었어요."

그가 무슨 말을 하려는지 알 수 있었다. 구타와 욕설, 손찌검과 인간적인 모멸감, 불법 체류와 체불 임금, 이런 일이 일상이 되다시피 한 외국인 노동자.

언젠가 체구가 작은 방글라데시 남자를 인터뷰한 적이 있었다. 이름이 핫산이었던가. 방송은 사전에 계획된 틀이 없으면 중구난방이 된다. 집을 지을 때 설계도가 필요한 것과 같다. 방글라데시에서 온 노동자는 우리가 하는 질문을 이해하지 못했다. 핫산은 프로그램의 성격에 벗어나는 말을 늘어놓았다. 방송이 원하는 대답은 대본 속에 이미 나와 있었다. 우리가 원하는 것은 핫산의 초라한 외모와 몇 마디 말이었다.

오염되지 않은 순박한 시골, 맑은 물이 흐르고 시원한 그늘을 드리우는 나무가 있는 고향, 기다리는 어머니와 아내와 아이, 가족들을 위해 남자는 열심히 일한다. 불편하고 열악한 이국땅이지만 가족들이 모여 행복하게 살 그날을 위해 현재의 어려움은 참는다. 코리안 드림을 이루기 위해 그는 현장에서 땀을 흘린다. 인간 승리의 그날까지 최선을 다하는 삶은 아름답다. 그런 내용이었다.

핫산은 자신의 나라도 우리와 비슷한 투쟁의 역사가 있으며, 피부색이 검은 그들도 한국인과 같은 인간이라고 했다. 외국인 노동자들의 저임금이 한국 산업의 원동력의 일부라는 것을 핫산이 강조할 때는 다소 의외라는 생각을 했다. 내게는 알게 모르게 시혜자로서의 의식이 깔려 있었던 모양이다.

감독은 핫산에게 이런 질문에는 이런 식의 대답을 해주시오, 라고 요구했다. 인종차별적인 문제와 외국인 노동자를 영혼이 없는 사람처럼 취급하는 사용자가 있다는 것을 모르지는 않았다. 그러나 가족에 대한 사랑과 고향에 대한 그리움, 코리안 드림과 희망을 말하는 프로그램이었다. 우리는 케이블 방송이 원하는 것을 만들어 줄 뿐이었다. 시청자가 원한다고 생각하는 색깔을 만드는 게 감독의 능력이다. 감독은 떨떠름해하는 핫산에게 어떤 어려움이라도 해결해 줄 것처럼 행동했다. 핫산은 코리안 드림을 이루었을까. 그 후 핫산을 다시는 보지 못했다.

에즈딘은 힘들어하는 나를 위해 걷는 속도를 늦췄다. 해를 등지고 있는 그의 모습이 역광에 찍은 사진처럼 검었다. 눈을 감았다가 크게 떴다. 그럴 때마다 머릿속이 표백된 것처럼 하얘졌다. 사막에서 보이는 사물은 실제보다 멀었다. 텐트에 도착할 때까지 걸을 수 있을지 불안했다. 스펀지를 밟는 듯 발이 모래 속으로 빠져들었다.

텐트에 도착하자 감독이 뛰어나왔다. 사막의 모래 바람에 무방비로 노출된 한 포기 풀처럼 감독 역시 지친 기색이었다.

"염소 똥으로 약을 만들지 않는대요. 그런 건 찍을 수 없대요."

에즈딘이 건조한 입술만큼이나 메마른 목소리로 말했다.

"그렇다고 진작 알려 줘야지. 어딜 갔다 이제 오는 거야?"

감독은 나를 향해 버럭 소리를 질렀다.

"미리 알려 줘야 대책을 세우지. 찍자는 거야 말자는 거야?"

감독의 입장을 이해했다. 외국인 노동자가 아닌 에즈딘을 옥박지를 수는 없을 것이다. 수렁 같은 모래를 몇 시간 걸은 터라 그대로 주저앉고 싶었다. 빙초산이라도 마신 듯 목구멍이 화끈거렸다. 대꾸나 변명을 할 기력도 없었다. 물병을 가지러 천막 안으로 들어갔다. 감독이 내 팔을 잡아챘다. 포클레인이 땅을 찍듯 둔탁하게 가해지는 감독의 손을 나도 모르게 뿌리쳤다. 몸에 닿는 모든 감각이 위협으로 느껴졌다. 감독이 들고 있던 대본이 바닥에 떨어졌다.

거칠게 행동할 의도는 없었다. 갈증으로 죽을 수도 있겠다 싶어 물부터 마셔야겠다는 생각뿐이었다. 발아래 떨어진 대본을 걷어찬 것은 우발적이었다. 폭탄이 터지듯 짜증이 온몸을 강타했기 때문이다. 대본은 모래와 함께 공중으로 날더니 바닥에 처박혔다.

"이 따위 말도 안 되는 대본으로 뭘 찍겠다는 거야."

말도 안 되는 대본으로 작품을 만든 게 한두 번인가. 말이 되는 것과 안 되는 것의 차이는 시청률이 결정했다. 감독이나 내가 아니었다.

"그럼 여기서 뭘 찍어야 하는데. 응. 뭘 어떻게 하라고."

감독이 순식간에 어깨를 움켜잡았다. 순간 나도 감독의 목을 틀어잡고 비틀어 버리고 싶었다. 하지만 생각과 달리 나는 고꾸라질 듯 휘청거렸다. 에즈딘이 나를 보호하듯 등을 내 쪽으로 돌려 감독과 나 사이에 끼어들었다. 유목민 남자의 눈동자에 나와 감독이 조그맣게 들어 있었다. 우리를 보고 있는 남자의 깊은 눈을 보자, 피가 죄다 얼굴로 몰려들었다. 어깨를 잡고 있는 감독의 손아귀에서 스르르 힘이 빠졌다. 자제력을 상실한 자신에게 화가 나는 모양이었다.

유목민의 시선에서 연민의 감정을 느낀 것은 순전히 착각이었을까. 나는 남자의 시선을 피해 황급히 텐트 안으로 들어갔다. 구석에 쌓아 둔 생필품 꾸러미를 뒤져 물을 꺼냈다. 물이 들어가자 농도가 묽어진 피가 핏줄을 타고 느리게 움직였다. 매트리스를 깔아 놓은 바닥에 쓰러졌다. 머리가 깨질 것처럼 지끈거렸다. 눈을 감았다. 모래를 밟으며 멀어지는 발짝 소리가 귓가에 아련히 들렸다. 모래 속으로 파묻히듯 몸뚱이가 바닥으로 서서히 가라앉았다.

눈을 떠보니 날이 밝아 있었다. 감독이 내 머리칼 속에 손가락을 집어넣고 흔들었다.

"일어나. 얼른 아침 먹고 시작해야지."

반쯤 눈을 뜬 채 감독을 올려보았다. 눈앞에 안개가 서린 듯 몽롱했다. 일이 잘 풀렸구나 생각하는 순간 눈앞이 밝아졌다. 나도 모르게 벌떡 일어났다. 석고를 부은 듯 몸의 관절 마디가 죄다 꺾어지는 것 같았다. 털로 짠 무거운 이불이 덮여 있었다. 추위에 떨지 않고 푹 잔 것은 유목민이 내준 거친 이불 덕이었다. 침낭을 빠져나오며 간밤에 몸에 닿던 손길을 떠올렸다. 누군가 나를 안아 침낭 속에 넣어 주었다. 따뜻한 물속에 몸을 담근 것처럼 몸과 마음이 부드럽게 이완되던 느낌이 되살아났다. 까닭 없이 얼굴이 붉어져 얼른 주변을 둘러보았다. 에즈딘의 늘씬한 등이 시야를 가로막았다.

비닐로 싸매둔 카메라를 꺼냈다. 열 개의 손가락이 기뻐서 움찔거렸다. 해가 높이 떠오르면 빛의 효과가 반감된다. 이른 아침 햇살을 잡아야 한다. 태양은 금방 정수리 위로 오른다. 모든 것이 열기 속으로 사라지기 전에 카메라로 포착해 잡아 두어야 한다.

감독은 자존심이 강한 사막 사람을 어떻게 설득했을까. 남자가 촬영을 허락한 것은 세 번째 아이템이었다. 낙타 오줌이나 염소 똥은 무산되었다. 방송 분량이 부족했기 때문에 커피를 대접하는 그들의 풍습을 찍기로 했다. 세 명의 아이 모두가 세수하는 장면을 찍고 싶었다. 에즈딘은 고개를 저었다. 불가능하다는 의미였다.

"그냥 찍어. 딴소리 하기 전에. 뭐라도 못 찍으면 네가 여기서 죽을지도 모른다고 사기를 좀 쳤지. 이 사람들, 여자에게는 너그러운 모양이야. 진작 널 내세우는 건데. 못 말리는 고집불통이야."

감독은 평온한 얼굴에 낮은 어조로 말했다. 남자는 우리가 자신의 흉을 보는 줄 모를 것이다.

카메라의 파워 스위치를 넣었다. 카메라가 돌아가자 두 아이는 멀찌감치 물러갔다. 막내인 여덟 살짜리 사내아이. 카메라 속에 아이를 넣었다. 작은 아이가 파인더 가득 채워졌다. 팔다리가 가는 아이는 천천히 허리를 구부리더니 두 손 가득 모래를 퍼올렸다. 검은 얼굴에 장난기 섞인 미소가 번졌다. 세수를 하는 게 아니라 모래를 가지고 장난을 치는 것 같았다. 감독은 아이에게 몇 번이나 세수를 하게 했다. 두 손으로 퍼올린 모래를 얼굴에 문지르는 둥 마는 둥 아이는 하얀 이를 드러내고 웃었다. 지켜보던 아이의 누나와 형이 따라 웃었다. 작은 새가 날갯짓을 하는 것 같은 웃음소리가 빛처럼 투명하게 공중으로 흩어졌다. 카메라 속 남자의 눈에 경멸의 빛이 스쳤다고 느낀 것, 또한 나의 착각이었기를 빌었다. 건조해서 땀이 날 리가 없는데 등이 끈적거렸다. 몸살기가 가시지 않은 것일까. 이마를 쓸어 올렸다. 모래 알갱이인지 소금 알갱이인지 알 수 없는 것들이 입 속에 가득 들어 있다.

다음날, 약속한 낙타가 왔다. 낙타의 등에 올라앉자 파도에 흔들리는 배처럼 몸이 앞뒤로 끄덕거렸다. 낙타 주인은 낙타를 타지 않고 걸었다. 일행이 쉴 때 나는 죽어라 모래밭을 달리다시피 앞으로 달렸다. 일행의 오고 있는 정면의 모습을 카메라에 담았다. 짐을 실은 낙타 고삐를 잡고 걷는 낙타 주인을 따라 낙타와 사람이 줄줄이 따라왔다. 물건을 교역하기 위해 사막을 건너는 상인들의 행렬 같았다. 카메라를 스쳐 지나간 낙타의 꽁무니가 지평선 위에 일렬로 나란히 늘어섰다. 모든 것들이 손톱만큼 작아져서 지평선 너머로 사라질 때까지 카메라를 들고 있었다.

카메라에 모래가 들어가지 않게 비닐로 싸맸다. 이렇게 해도 모래나 먼지가 끼여 작동이 안 되는 경우가 있었다. 돌아가면 한두 번 수리점 신세를 져야 할 것이다. 카메라를 어깨에 올리고 쉬고 있는 행렬을 향해 갔다. 카메라가 어깨를 짓눌렀다. 등에 짐을 얹은 낙타가 된 것 같았다.

에즈딘을 태운 낙타는 뒤로 처지기도 하다가 나란히 내 곁을 걷기도 했다. 강한 햇볕을 피하기 위해 나는 머플러로 얼굴과 목을 감싸고 챙이 넓은 모자를 썼다. 감독은 에즈딘에게 사막을 벗어나기 전에 오아시스 마을에 들를 수 없겠냐고 물었다. 에즈딘은 낙타 주인에게 감독의 말을 전했다. 마침 그날 결혼식이 있는 마을이 있다고 했다. 감독은 망설였다. 비행기 시간과 촬영 시간, 아이템과 시청률을 저울에 얹어 달고 있을 것이다. 무심한 표정이지만 감독은 엄청난 속도로 필름을 되감고 풀고 자르고 이을 것이다.

"계획대로 일을 못해서 어떡합니까?"

에즈딘이 말했다.

"생각대로 일이 늘 잘 되지는 않아요. 내일이면 일정이 끝나는데 며칠 쉬나요?"

"다른 팀이 기다리고 있어요. 카이로에서 누비아까지를 일주하는 코스라 또 집을 떠나야 해요."

예약이 잡혀 있는 내년 봄까지 에즈딘은 바쁘다고 했다.

"집에는 한 달에 한두 번밖에 못 가요. 갈아입을 옷만 챙겨서 금방 나와야 해요."

낙타의 고삐를 잡은 에즈딘의 길쭉한 손가락을 보았다. 에즈딘은 자신의 꿈을 이룬 것일까? 그것을 코리안 드림이라고 해도 될까?

"지금 일에 만족해요?"

말을 뱉어 놓고 보니 사적인 질문이었다. 왜 그랬을까. 외환위기의 힘든 시기를 같은 나이에 맞이했다는 것에 동질감을 느낀 걸까. 숨을 곳도 없이 사방으로 터진 사막의 고통스러운 빛이 쏟아지는 한낮이었다. 천박한 호기심에서 에즈딘의 내밀한 속을 보고자 한 것은 아니었다. 그러나 쓸데없는 질문을 했다고 후회했다.

"처음에는 만족했어요. 더 바랄 게 없었지요."

몇 년 사이에 상류층의 주거지에 아파트를 장만할 수 있는 자신의 직업에 회의를 느끼게 한 것은 무엇이었을까? 침묵이 흘렀다. 낙타가 긴 다리를 옮길 때마다 뜨거운 공기가 흔들거렸다.

"한국 손님들은 고대 이집트의 역사는 잘 알아요. 피라미드, 파라오, 신전이나 미라 같은 것을요. 그러나 현재의 이집트에 대해서는 너무 모르고 있어요."

스카프로 가린 얼굴이 화끈거렸다. 우리가 며칠간 보여준 행동이 에즈딘을 고민하게 했을 것이다. 에즈딘의 고민이 손에 잡힐 듯 다가왔다. 공중으로 치솟아 신의 자리에 도달할 수도, 그렇다고 바닥으로 내려앉아 짐승으로 변할 수도 없는 처지. 그것이 인간의 자리였다. 나는 아무 말도 할 수 없었다. 햇살이 쏟아지는 금빛 모래 위에 낙타가 걷고 있다. 등에 짐을 올린 검은 그림자는 방향도 없이 걷는다. 그림자에는 내가 없다. 나는 낙타 속에 스며들어 낙타와 한몸이 되어 있었다.

사방을 둘러보았다. 바람에 밀린 모래가 파도와 같은 물결을 만들 뿐, 사막은 비어 있다. 검게 빛나는 에즈딘의 머리칼도, 등에 짐을 싣고 묵묵히 걸어가는 낙타도, 낙타의 등에서 흔들리는 감독의 등도 문득 쓸쓸해 보인다. 열기를 내뿜는 모래 위에 우리가 만들어 놓은 희미한 흔적을 돌아보았다. 잠시 후면 바람에 떠밀려 사라질 발자국들. 불현듯 작은 새처럼 웃던 아이들의 모습이 떠오른다. 웃음소리는 동심원처럼 사막으로 퍼지며 멀어져 갔다. 멀리 사막의 끝에 자동차가 기다리고 있었다. 우리는 사막을 벗어나는 것이 아니라 또 다른 사막으로 가는 것일지도 모른다. 짐을 실은 것처럼 이렇게 몸도 마음도 무거운 것을 보면. 뜨거운 모래에 비친 그림자에 스며든 나는 어쩌면 낙타일지도 모르겠다.

잃어버린 화살

이 시 백

그랬다. 세월은 그렇게 먹빛처럼 희미해졌다. 아무리 걸게 맹세한 말들도 세월에 얽혀 빛이 바래며 서서히 희미해져 갔다. 이따금 전화를 걸어오는 친구들도 있었다. 처음엔 그렇게 반갑던 전화도 시간이 지나면서, 몇 분을 이어 나가기 어려웠다. 잘 있느냐고 묻고, 이미 몇 번이나 주고받은 다른 친구들의 소식을 건성으로 되뇌게 되었다.

모든 것은 날아간다
화살도, 강물도……침묵까지도

　벌써 여름이 식어 버린 듯 강변은 한산했다. 바
람 빠진 물놀이 기구를 건성으로 매단 노점 하나가 우두커니 주인
도 없이 자리를 지키고 있었다. 큰물이 들어왔다 빠져나간 강가에
는 흙탕물을 뒤집어쓴 푸서리 여기저기에 쓰다 버린 가스통과 쓰
레기들이 널려 있었다. 재옥은 부러진 낚시찌를 집어들고 우두커
니 들여다보았다. 알록달록 색동을 입은 낚시찌 너머로 홍 선생님
과 물놀이를 하던 기억이 가물거리며 되살아났다.
　기껏 열셋의 나이 어린 초등학생이었지만, 졸업반이라는 기분
에 제법 어른이 된 기분이었다. 여름방학 중간에 걸려 있던 소집

일이었다. 밤꽃이 노르께하니 뒷산을 뒤덮을 무렵, 아이들은 선생님을 보채어 강가로 몰려갔다. 학교 가까이 사는 아이들이 집으로 달려가 냄비와 쌀, 그리고 고추장과 양념거리들을 들고 왔다. 강으로 흘러드는 장개울의 끄트머리에 자리를 잡고, 아이들은 선생님이 붙든 반두를 향해 '와와' 소리를 지르며 고기를 몰았다. 손가락만한 미꾸라지며, 모래무지가 비늘을 번득이며 떠오를 때마다 아이들은 함성을 질렀다. 건져낸 물고기 여남은 마리에 고추장만 풀고 끓인 매운탕이었지만, 지금도 재옥은 그 맛을 잊을 수가 없었다.

귀에 들어간 물을 말리느라, 미지근한 차돌을 귀에 대고 있던 아이들에게 홍 선생님이 들려준 이야기였다.

옛날에 아주 친한 동무 셋이 있었단다. 청년이 된 그들은 먼 곳으로 각자 살 길을 찾아 떠나게 되었다. 떠나기 전에 그들은 각자의 소원을 담은 화살을 높은 하늘을 향해 쏘았다. 그리고 그 화살이 날아간 방향으로 길을 떠났다. 그리고 모두 성공한 다음에 화살을 찾아 그 자리에서 다시 만날 것을 굳게 맹서했다.

"너희들두 오늘 화살을 쏘아 보렴."

아이들은 화살 대신 돌멩이를 들어 멀리 강물 위로 물수제비를 날렸다.

"선생님, 우리두 이담에 꼭 다시 만나요."

"언제?"

"고 삼이 되면 만나요. 그러니까 육 년 후 오늘…… 여기서."

"정말이다. 꼭 약속!"

홍 선생님은 아이들과 새끼손가락을 걸고 엄지로 도장을 찍었다. 서늘하게 식어 가는 여름 강가에서 검푸르게 덮어 오는 저녁 해를 보며, 아이들은 가슴속에 그 약속을 문신처럼 새겨 넣었다.

한때는 열두 반이나 되던 초등학교는 학년에 한 반을 채우기도 어렵게 줄었다. 읍사무소 소재지라는 명색이 초라할 정도로 학교는 날이 갈수록 홀쭉하니 빈자리가 늘어 갔다. 그래도 일대에선 마지막까지 버텨 오던 화양 탄광이 끝내 문을 달으며 마을은 하루가 다르게 황폐해졌다. 한동안 술 취한 사람들이 비틀거리며 망령처럼 오가던 시장통 큰길에도 발길이 끊긴 채 깊은 침묵 속으로 가라앉았다. 여기저기 짐을 꾸려 떠나는 사람들로 부산하고, 그 짐마저 놓아 둔 채 밤중에 슬그머니 사라지는 이들도 많았다. 어른들을 따라 아이들도 떠났고, 교실은 이 빠진 자리처럼 썰렁하니 빈 의자가 늘어 갔다.

도시로 떠나는 부모를 따라 아이들은 이삿짐 트럭에 실린 채 창밖으로 목을 내밀고 손을 흔들었다. 남겨진 아이들은 다시 만나자는 약속을 잊지 말라며, 입에 손가락을 대고 화살 표시를 했다.

졸업을 앞두었을 때는 겨우 열다섯 명이 남았다.

중학교에 들어가고 얼마 지나지 않아, 재옥도 부모를 따라 서울로 떠났다. 떠난 친구들을 야속히 여기던 자신이 그렇게 떠날 줄은 미처 몰랐었다. 며칠을 방바닥에 누워 풍뎅이처럼 빙글빙글 맴을 돌며 울어 보았지만, 아직 그녀는 어린아이였다. 재옥이 떠나던 아침에 친구들 몇이 찾아왔다. 그들은 예전의 재옥이 그랬던 것처럼 저고리 깃 속으로 까칠한 목을 움츠리고 있었다. 다시 만나자는 약속을 잊지 말라고 아이들은 입술에 손가락을 갖다 댄 채 스며 나오는 눈물을 억지로 참고 있었다. 그 가운데는 집안이 어려워 중학교 진학을 못한 명준이도 끼여 있었다.

언제 왔는지 강가에는 초희와 주영이가 기다리고 있었다.

약속 시각보다 이십 분이나 당겨 강변에 나와 있는 둘의 모습은 바람에 날리는 풀잎처럼 쓸쓸하게만 보였다. 초희 전화를 받고 나서야 재옥은 까마득히 잊고 있었던 오래전의 약속을 기억해 냈다. 아, 그랬었지. 장롱 밑에서 먼지에 덮인 옷핀이나 구슬을 찾았을 때와 같은 매캐한 냄새의 슬픔이 코끝에 와 닿았다.

떠나면 살게 마련이었다. 하루가 일 년 같고, 눈만 감아도 물골 생각이 어른거려 하염없이 눈물을 흘리던 재옥도 조금씩 물골과 친구들을 잊고 지낼 수 있었다. 재옥은 언젠가 읽었던 워즈워드의

시 한 구절을 입속으로 중얼거렸다. 여기 적힌 이 먹빛이 희미해질수록, 그대 사랑하는 마음 희미해진다면.

그랬다. 세월은 그렇게 먹빛처럼 희미해졌다. 아무리 검게 맹세한 말들도 세월에 얹혀 빛이 바래며 서서히 희미해져 갔다. 이따금 전화를 걸어 오는 친구들도 있었다. 처음엔 그렇게 반갑던 전화도 시간이 지나면서, 몇 분을 이어 나가기 어려웠다. 그들과 재옥 사이에는 더 이상 할 말이 남지 않았다. 잘 있느냐고 묻고, 이미 몇 번이나 주고받은 다른 친구들의 소식을 건성으로 되뇌게 되었다.

"재애오옥아아."

입에다 손나팔을 만들어 자신의 이름을 부르는 건 초희였다. 목소리는 귀에 익은데 모습은 너무 낯설었다. 재옥은 먼 걸음에서도 푸짐한 몸집이 느껴지는 여자가 그 목소리의 주인공이라고 믿어지지 않았다. 갈래머리에 웃을 때마다 보조개가 살짝 패던 초희. 홍 선생님이 센 바람에 날아갈 것 같다고 늘 손을 쥐고 다니시던 초희가 바로 저 여자란 말인가.

반가움에 몇 걸음을 기다리지 못하고 달려와 부둥켜안는 초희 곁에서 주영이 더벅머리를 긁적이며 웃고 있었다.

"니가 주영이니?"

"응."

재옥은 머리만 조금 짧았다면 영락없이 휴가 나온 군인 아저씨 같았을 주영이 낯설어, 그가 내민 손도 선뜻 맞잡을 수가 없었다.

　"기집애, 정말, 오랜만이다. 어쩜 그렇게 한 번도 오지 않니?"

　"여기 왔잖아."

　"그래, 그래. 그래도 약속 지켜 줘서 고맙다."

　초희는 몸집과 함께 성격도 바뀐 듯 연신 활달한 웃음을 터뜨리며 재옥을 반가이 맞아 주었다.

　"다른 애들은?"

　재옥의 물음에 둘은 씁쓸한 표정을 지었다.

　"다 떠나구 여기는 별루 없어. 주영이랑 나랑 기범이……."

　"명준이는?"

　교복 입은 친구들 틈에서 혼자 꾀죄죄한 겨울옷을 입고 있던 명준의 마지막 모습이 눈앞에 떠올라 안부가 궁금했다.

　"명준이는 없어."

　"없다니?"

　"사실은 명준이가 얼마 전에 사고를 쳤어."

　말을 머뭇거리는 초희 대신 주영이 거들고 나섰다.

　"무슨 사고?"

　"명준이가 오토바이 사고를 내서, 사람이 죽었어."

　"사람이?"

"응, 참, 넌 모르겠구나. 명준이가 철가방 일 다닌 거. 벌써 꽤 오래되었는데, 배달 나갔다가 돌모루 갈림길에서 여자 애를 치었어."

"그래서?"

"병원에 데려갔는데, 늦었대."

재옥은 유난히 가는 목을 외로 꼬고 까칠한 웃음을 짓던 명준의 모습이 새삼 가슴에 안쓰럽게 와 닿았다. 걔가 웃을 때마다 친구들이 청승맞게 웃는다고 흉을 보던 것도 생각났다.

"기범이 동생이야. 죽은 애가⋯⋯."

"기범이?"

"너두 알걸. 기숙이라고."

늘 손톱을 물어뜯던 단발머리 여자 아이가 생각났다. 어딜 가나 기범이를 따라다녔는데, 떼어놓으면 목젖이 빨갛게 드러나도록 울곤 했다.

"그래서?"

"명준이 집이 어렵잖아. 그냥 교도소로 넘어갔어."

그랬구나. 재옥은 맥없이 고개를 끄덕였다.

"재옥이 넌, 어느 대학 갈 거니?"

배로 건너다니던 나루터 바닥에 쪼그리고 앉으며 초희가 물었다. 재옥은 소리 없는 웃음만 지어 보였다.

"넌, 공부를 잘하니까…….."

"너는 어떻게 할 거야?"

"몰라."

"왜?"

"실력두 안 되고, 아빠두 집에서 놀구 있잖아."

"그래도……."

대한민국에서 고졸로 살기가 어떻다는 건 서로가 묻지 않아도 알 일이었다. 아마 초희는 읍내에 있는 노래방이나 당구장 카운터에 앉아 있을 것이다. 그리고 비슷한 처지의 남자를 만나 사랑이란 걸 느껴 보지도 못한 채, 누군가의 아내가 되고, 누군가의 어머니가 될 것이다. 그리고 아이들을 좋은 대학 보내려고 이를 악물 것이다. 악물다가 잇몸이 굳어서, 더 악물 힘도 남지 않을 때쯤, 여전히 자신의 아이들이 학교에서나 사회에서나 자신이 걸어온 밑바닥 삶을 허우적거리는 걸 참담히 바라보게 될 것이다. 하기야 중학교도 못 간 명준이 같은 처지도 있으니, 아주 낙심할 삶은 아닐 것이다. 그저 텔레비전 앞에 앉아 일일 드라마나 보면서 야근하고 돌아온 남편을 위해 라면이나 끓여 주면서……. 그건 어쩌면 재옥 자신의 앞날인지도 몰랐다.

"주영이, 넌?"

"난, 뭐, 그냥 있다가 군대나 갈려고."

"군대?"

"응, 해병대."

코를 줄에 꿴 보트들이 밀려오는 물결에 머리를 끄덕거리며 들릴 듯 말 듯한 신음 소리를 냈다.

신문지에 싼 도시락을 건네받은 아버지가 내쉬던 한숨 소리가 재옥의 귀에 와 닿는 듯했다. 시청 환경미화원이었던 아버지는 IMF 때 그 자리에서 쫓겨났다. 예산을 절감하기 위한 구조조정에서 아버지는 일차로 걸러졌다. 한동안 공원 벤치에 앉아 온종일 비둘기들만 바라보던 아버지는 아는 친척의 주선으로 아파트 경비원이 되었다. 밥상머리에서 아버지는 딸년 같은 여자들이 머슴 부르듯 손가락질로, 제 집 문 앞에 놓인 개똥을 치우라고 시킨다며 한숨처럼 푸념을 늘어놓았다.

"눈을 까뒤집구 공부혀야 혀. 대학 못 가믄 이 나라서는 사람두 아녀."

재옥은 자기도 모르게 아버지의 한숨을 따라 내쉬었다.

"벌써 한 시간이나 지났는데……."

주영이 손목에 찬 전자시계를 들여다보며 중얼거렸다.

입술에 손가락을 대던 스무 남짓한 친구들의 모습이 눈앞에 주마등처럼 지나간다.

"혜진이는 늦게라두 꼭 온댔어."

"혜진이?"

"웅. 참, 넌 혜진이 소식 모르지?"

오락 시간마다 교실 앞에 나가 노래를 부르며 춤을 추던 한 여자 아이가 생각난다. 별명이 댄싱 퀸이었다. 쪽지에 적어 내는 장래 희망에 연예인이라 적고서는 앞에 나가 온몸을 흔들며 '남행열차'를 부르던 혜진이.

"걔, 시집갔어."

"뭐?"

"작년에…… 동석이 오빠라구, 읍내 정육점서 일하던 오빠랑 살아."

"학교는?"

"관뒀어."

주영이 못 들은 체하며, 자리에서 일어나 강 위쪽으로 걸음을 옮겼다. 초희는 재옥에게 목소리를 낮춰 귓속말을 했다.

"기집애가 예쁘기두 했지만, 워낙 놀길 좋아해서……읍내 오빠들이랑 어울려 다니더니, 글쎄, 아일 가진 거야."

재옥은 한숨을 쉬며 고개를 끄덕였다.

"배는 불러 오지…… 걔 엄마가 학교에 가서 자퇴서를 내고, 그 오빠랑 살게 되었어. 그러니까 동거인 셈이지. 아직은……."

먼발치에서 주영이 돌멩이로 뜨는 물수제비가 저녁 해를 맞아 금빛으로 번쩍였다.

　"걔를 원래는 주영이가 좋아했거든."

　재옥은 아까부터 주영의 등 뒤에 머물던 어두운 그늘의 정체를 조금은 알게 된 듯했다. 그랬구나. 그렇게 비켜가는구나. 모두 들…….

　"그래서 지금은 뭐 하고 지내?"

　"누구? 혜진이? 노래방을 해. 읍사무소 옆, 농협 건물 이층에 '댄싱 퀸 노래방'이라구 차렸어."

　"그렇게 살면 되는 거지, 뭐."

　"그렇긴 해."

　재옥은 방학 하던 날, 담임선생님이 하던 말이 생각났다.

　"잘 생각해 봐라. 기회는 항상 오는 게 아니니까."

　재옥은 작가가 되는 게 꿈이었다. 책을 좋아하고, 틈틈이 써낸 글들이 이곳저곳에서 상장을 받게 되면서 재옥은 일찌감치 자신의 꿈을 소설가로 마음먹었다. 거기에는 초등학교 때 담임이었던 홍 선생님의 영향이 컸다. 자투리 시간마다 책을 읽어 주고, 아름다운 시 구절이 적힌 단풍잎을 책갈피에 넣어 전해 주곤 했다. 재옥은 아직도 운동장 가장이에 있는 늙은 느티나무 아래서, 홍 선생님이 읽어 주던 소설이나 시집의 구절들을 잊지 못했다. 선생님의 입에서 흘러나온 이야기들은 그녀의 가슴에 향기로운 꽃잎처럼 내려앉았다. 그보다 더 향기로운 꽃잎이 있을까.

"참, 홍 선생님은 안 오시니?"
"홍 선생님은 못 오시지."
"연락은 드렸어?"
그때서야 초희는 손바닥을 치고는 재옥을 바라보았다.
"넌 모르겠구나. 홍 선생님 이야기……."
"무슨 이야기?"
"홍 선생님 그만두셨어."
"그만둬?"
"응, 우리 졸업하구 삼 년쯤 지나서. 학교에서 어려운 애들 급식비 보조가 나오는데, 그걸 제대로 주질 않았나 봐. 들리는 말로는 교장이 떼어먹었다는 말두 있구, 이사장 부인이 새 차를 사는데 보탰다는 말두 있어. 하여간 잘은 모르는데, 그 일에 홍 선생님이 나서서 따졌나 봐. 그 일루 관두셨대."
"따졌다고 관두시다니?"
"어른들 말루는 홍 선생님이 무슨 조합인가를 만들어서 선생님들을 선동했다는 말이 있어. 빨갱이라는 말까지 있었어."

"빨갱이?"

재옥은 난데없는 빨갱이라는 말에 어이가 없었다. 빨갱이가 뭔지는 모르지만, 재옥에게는 아카시아 꽃이 하얗게 떨어지는 운동장에서 풍금을 치며 곱게 노래 부르던 홍 선생님의 모습만이 생각났다. 티 하나 없이 흰 얼굴에 웃으실 때마다 가지런히 고른 이를 곱게 내보이시던 선생님이 빨갱이라니…….

"빨갱이가 뭐야? 왜 선생님이…….."

"나도 몰라. 하여간 엄마들이 죄다 학교에 모여서 회의를 했는데, 거기서 홍 선생님이 그만두기로 했다고 하더라. 애들에게 무슨 안 좋은 책을 읽히구, 미국을 안 좋게 말했대."

돈 떼어먹은 일하고, 미국을 안 좋게 말한 것 사이에 어떤 연관이 있는지 재옥은 도무지 감이 잡히지 않았다.

"그래서 지금은 뭐 하시는데?"

"외국 가셨대. 독일인가, 어디인가루."

너희들두 오늘 화살을 쏘아 보렴. 재옥은 홍 선생님이 하던 말이 귓속에 맴돌았다. 선생님이 쏜 화살은 어디에 있을까. 지금쯤 그 화살을 찾으셨을까. 아니면…….

하느라고 열심히 공부를 했지만 성적은 늘 기대에 모자랐다. 빤히 아는 집안 형편에 학원비 달라, 참고서 사겠다고 손을 벌릴

엄두가 나지 않았다. 재옥은 오로지 가려는 대학에서 뽑는 문예 특기생만 믿고 있었다. 그 대학에서 주최하는 백일장에서 삼등 안에만 들면 문예 특기생으로 입학이 되었다. 다른 대학과 달리 그곳에서는 문예 특기생에게 대학 4년간 장학금까지 준다고 했다. 재옥의 형편으로서는 그곳만이 살 길이었다.

국어 선생이던 담임선생은 학교의 명예가 걸린 일이라고 재옥을 독려했다. 여러 백일장에 나가 상을 받아 올 때마다 담임은 자신의 일처럼 기뻐했다. 그러나 막상 재옥이 가고자 하는 대학의 백일장에서는 장려상밖에 받지 못했다.

이번이 마지막 기회였다. 방학이 끝나고 개최되는 S 대학의 백일장에서 무슨 일이 있어도 삼등 이상의 상을 받아야 했다. 수능 성적이 그다지 좋지 않은 재옥이 아버지의 소원대로 반드시 대학을 들어가는 길은 그 길밖에 없었다.

S 대학의 김 교수를 만난 것은 담임선생의 주선 덕이었다. S 대학 출신인 담임과 김 교수는 선후배 사이라고 했다. 백일장 심사를 맡은 김 교수에게 잘만 보이면 백일장 장원은 따놓은 당상이라는 담임의 말에 재옥은 가슴이 설렜다.

"넌 참 억세게 운이 좋은 줄이나 알아. 그 교수님 얼굴이라도 보려고 줄 선 애들이 부지기수야."

담임선생의 말에 재옥은 감사하다며 머리를 수없이 꾸벅였다.

"딴 애들 같으면 식사다, 뭐다 접대하는 것만으로도 돈이 다발로 들어가지만, 네 형편이 빤한데 그럴 수는 없고……."

집안 형편까지 헤아려 주는 담임선생의 배려가 눈물겹게 고마웠다. 재옥은 정말 자신이 '억세게 운이 좋은 줄'로만 알았다.

"더 올 것 같지두 않은데, 그만 가자."

물수제비를 뜨는 일도 시큰둥해진 주영이 벌써 서늘한 산 그림자에 덮여 검푸르게 멍이 드는 강물을 바라보며 중얼거렸다.

"가자."

초희가 긴 말 없이 발딱 자리에서 몸을 일으켰다. 불과 여섯 해 전의 약속이 이렇게 빛이 바래지다니. 재옥은 저물어 가는 강가의 원경을 허전한 마음으로 돌아보았다.

"혜진이는?"

"아마 지금쯤 일어났을걸. 걔는 밤을 꼬박 새우고, 낮에는 자는 게 일과야."

"그래도 온다고 했잖아?"

"우리가 가자. 그게 빨라."

바람이 불어오자, 코에 확 닿아 오는 물비린내에 재옥은 고개를 돌려야 했다. 잠깐 흐름이 멈춘 강물 위로 피라미들이 비늘을 번쩍이며 튀어 올랐다.

"여기 있던 줄배는 어디 갔어?"

"아, 그거, 없어졌어."

"왜?"

"현구 할아버지가 돌아가셨잖아."

줄배에 걸터앉아 담배를 피우던 노인의 모습이 떠오른다. 뱃고물 구석에는 언제나 신문지로 주둥이를 막아 놓은 소주병이 얹혀 있었다. 줄을 당겨 배를 건너 주던 현구 할아버지에게선 언제나 감 농익은 냄새가 물큰하니 풍겼다. 한때 탄광 일이 좋을 때는 물 건너 대하리 사람들까지 줄배를 타고 강을 건너 다녔다. 막장에서 나온 인부들이 뱃전에 기대어 강물에 손을 씻으면 시커먼 물이 검은 꽃처럼 뭉실뭉실 번져 나갔다. 그때가 현구 할아버지로서는 호시절이었다.

"현구는 뭐 해?"

"걔, 즈 할배 돌아가시구 학교 그만뒀어. 어느 섬에서 고기잡이 배를 탄다는데……주영아, 현구가 간 섬이 어디래?"

뱃전에 조르르 쪼그리고 앉아, 나뭇가지에 실로 묶은 낚시로 피라미를 홀리던 어린아이들이 눈앞에 자글자글하다. 현구는 어려서부터 큰 배를 타고 선장이 되는 게 꿈이었다. 다섯 살 때, 아버지가 막장이 무너져 세상을 놓은 뒤 그는 젓갈 행상을 하는 홀어미와 뱃사공 할아버지와 살았다. 현구는 제 할아버지의 줄배를 무척이나 자랑스럽게 여겼다. 그 배 아니면 학교도 못 가고, 장 보러 가지도 못하던 시절이니 그럴 만도 했다. 현구는 늘 배에서 놀았고, 입버릇처럼 선장이 된다고 했다.

"거문도라구 여수에서 한참 나가는 데 있대."

고개를 꺾은 채 앞서 걷던 주영이가 지나치는 말처럼 중얼거렸다.

"거기서 뭘 하는데?"

"몰라. 새우를 잡는대나, 멸치를 잡는대나."

그렇구나. 꿈은 함부로 쏜 화살처럼 자신도 모르는 곳으로 날아가고, 어딘가에 꽂혀서 그렇게 가물거리며 잊혀져 가는 거였다.

댄싱퀸 노래방에 도착했을 때는 벌써 날이 어두워져 있었다. 초저녁이라 그런지, 음악 소리 하나 새어 나오지 않는 노래방 입구에 눈 화장이 짙은 여자가 앉아 있었다. 여자는 눈썹에 마스카라를 칠하던 손을 멈추고, 재옥을 향해 소리쳤다.

"너, 재옥이구나."

뚱뚱한 여자의 팔뚝에 안겨 어쩔 줄 모르던 재옥은 귀에 익은 목소리에 긴가민가한 얼굴로 그녀를 바라보았다.

"나, 몰라? 혜진이…… 어머, 이 기집애, 날 모르나 봐. 어쩜 좋아."

자신도 모르게 재옥의 입에서 '아' 하는 신음 소리가 새어 나왔다. 이 아주머니가 댄싱 퀸 혜진이라니. 맙소사. 재옥은 혜진을 눈앞에 두고도 어찌해야 할지 몰랐다.

"혜진이야. 재옥아."

옆에서 보다 못해 초희가 거드는 바람에 겨우 재옥은 혜진의 손을 맞잡았다.

"몰라보겠어. 혜진아, 미안해."

"너무하다. 소꿉친구를 잊어먹다니……."

혜진은 한쪽 눈에만 칠하다 만 마스카라를 던져 둔 채 친구들을 크고 널찍한 방으로 데려갔다.

"오랜만에 만났으니, 오늘, 우리 밤새고 놀아 보자. 얘기두 밤새 하구."

"야, 너, 그 눈 화장이나 마저 하구 와라."

초희가 쏘아붙여도 혜진이는 넉살좋은 웃음만 지었다.

"니들, 술 마셔두 되지? 졸업두 다 됐는데."

"웬일이니? 짠순이 박혜진이가……."

혜진이 밖으로 나간 뒤에 초희는 그래도 혜진이 편을 들어주었다.

"그래도 열심히 살아."

재옥은 말없이 고개를 끄덕였다.

너희들 토끼와 거북이 알지? 앞서 가던 토끼가 낮잠을 자는 바람에 거북이에게 지고 말았지? 세상도 마찬가지란다. 아무리 재주가 많은 사람도 거북이처럼 열심히 노력하는 사람에겐 이길 수 없단다. 그런 홍 선생님은 토끼일까, 거북이일까. 열심히 노력하는 사람이 이긴다고 가르치던 선생님은 지금 어디에 가 계신 걸까. 재옥은 초희가 건네주는 노래책을 받아들고는 여기저기 건성으로 뒤적거렸다.

재옥은 담임선생이 시키는 대로 김 교수의 오피스텔로 작품을 들고 찾아갔다. 붉은 카펫이 깔려 있는 오피스텔 문을 두드리자, 부스스한 머리에 잠옷 차림의 김 교수가 문을 열어 주었다. 어제, 밤새 책을 보느라구. 기지개를 켜며 김 교수는 처음 보는 재옥을 친근하게 맞아 주었다. 너처럼 예쁜 애가 뭐 하러 글을 쓰려고 하니? 재옥은 그냥 얼굴만 발갛게 붉혔다. 건네받은 소설 습작을 대강 뒤적거리며 김 교수는 재옥을 틈틈이 바라보았다. 재옥은 자신의 몸 위로 벌레 같은 게 스멀거리며 기어다니는 느낌이었다. 제법인걸. 근데 말야. 이 부분이 좀……. 김 교수는 재옥의 손을 잡아끌어 곁에 앉혔다. 아침결에도 아직 가시지 않은 술 냄새가 그가 입을 열 때마다 새어 나왔다. 넌, 근데, 보면 볼수록 예쁘다. 글은 내가 잘 가르쳐 줄 테니 염려 말고. 너, 나랑 앞으로 사귀어 보지 않을래. 김 교수의 축축하고 끈끈한 손이 자신의 무릎 사이로 기어오르는 걸 느끼는 순간, 재옥은 우습게도 살려 달라고 소리쳤다. 홍 선생님, 홍신선 선생님, 살려 주세요.

"뭐야? 노래들두 안 하구. 요즘 학생 애들 노는 거 보니까 장난이 아니더만. 야, 니들 정말 탄광촌 애들처럼 촌스럽게 굴 거야?"

맥주와 음료수를 쟁반 가득 들고 온 혜진이가 주영이 등을 떠밀며 호통을 쳤다. 태엽 감긴 인형처럼 발딱 자리에서 일어난 초희가 탬버린을 흔들며 목청 높여 노래를 부르기 시작했다.

"증말, 애들이 왜 이러실까?"

"왜, 이 노래가 얼마나 신나는데…… 참, 혜진이 너, 그 노래 생각나? 육학년 때 소풍 가서 니가 부른 노래 말야?"

"뭐?"

"있잖아? 너랑 주영이랑 부른 노래 말야."

"야, 다 늙어 가지구 무슨……."

"주영이두 있으니까 둘이서 한번 불러 봐. 앵콜!"

초희는 호들갑을 떨며 구석에 고개를 꺾고 있던 주영을 혜진에게 밀어붙였다. 실로폰 소리가 딩동거리며 귀에 익은 동요의 전주가 흘러나왔다. 우리들 마음에 빛이 있다면, 여름엔 여름엔 파랄 거예요. 눈 화장을 짙게 한 옛 친구가 두 손을 얌전히 모은 채 부르는 동요가 오늘따라 재옥의 마음에 못처럼 박혀 왔다. 혜진아, 네 마음에 빛이 있니? 무슨 색의 빛이니?

"우리 솔직하게 말해 보자. 사는 게 뭐니? 결국 길이야. 행복에

다다르는 길 아니겠어."

　재옥에게 김 교수의 이상한 행각을 전해 들은 담임선생은 차분한 목소리로 말했다.

　"모든 사람이 다 똑같은 데서 출발한다고 생각하면 곤란해. 그렇다면 누가 죽어라고 고생하겠니? 네가 지금 이런 일을 겪는 것도 행복해지려고 하는 것이고, 좀 더 편하고 빠른 길로 가려고 하는 거 아니니? 이제 네 앞에 놓인 길을 선택하면 돼. 글 쓰는 데 꼭 대학에 가야 한다는 법은 없어. 다만 그 길이 좀 편하고 출발점이 앞에 있다는 거지."

　자리에서 일어서는 재옥에게 담임선생은 걱정스러운 얼굴로 말을 덧붙였다.

　"우리가 사는 건 길 자체가 목적이 아니잖니? 그 길을 지나서 만나게 될 행복이란 집에 들어가려고 가는 길이잖니. 모든 게 길이야. 지금 네가 겪는 이런 일들도 다 스치고 지나가는 길이라구. 그런 길이 싫으면 이 담에 네가 앞선 길을 걸을 때, 뒷사람들을 위해 공정하게 기다려 주든지. 그건 네 자유야. 하지만 지금 네가 앞선 사람들에게 무어라 할 수는 없어. 뒤에서 좀 더 부지런히 걷든지, 아니면 포기하고 그냥 그렇게 길에서 주저앉든지……."

　"글 쓰는 애가 그것도 몰라. 너, 그 정도 일도 견디지 못하면서 무슨 글을 쓴다고 그러니?"

재옥은 방학식 날, 담임선생이 최후통첩처럼 전하던 말이 떠올랐다. 그 말은 김 교수 말을 고분고분 따르며 대학 장학생으로 들어가는 쉬운 길을 선택하든지, 아니면 제 혼자 힘으로 다른 길을······.

다른 길이라. 그 길에 대해 재옥은 잘 알고 있었다. 그 길에는 울먹이며 탄광촌을 떠나던 옛 친구들과, 신새벽에 파출부 노릇 하러 나가다 교통사고로 세상을 떠난 엄마와, 딸 같은 여자들에게 멸시를 당한다고 푸념을 늘어놓는 아버지가 고개를 꺾고 걷고 있었다.

밤새워 놀고 가라는 혜진을 뿌리치고 밖으로 나왔을 때는 벌써 밤이 깊어 있었다. 그러나 재옥은 쉽게 잠이 올 것 같지 않았다.

"재옥아, 무슨 걱정 있니?"

"아니."

"너야 무슨 걱정이겠니. 공부 잘하지, 착하지. 솔직히 내가 걱정이다."

"왜?"

"몰라. 그냥 막막해. 앞으로 어떻게 살아야 할지······."

혜진이도 열심히 사는데. 재옥은 무심코 입 밖으로 나오려던 말을 황급히 목 안으로 집어삼켰다.

"막막하면서도 뻔해. 미용실 시다루 몇 년 고생하다, 어떻게 자격증 따서 시장통 어느 미용실에서 평생 비듬 냄새 맡으며 남의 머리 만지구 살겠지. 그러다가 역시나 막막한 남자 만나 시집가서, 내 신세랑 똑 닮은 애 낳아서…… 그러다가 저 시커먼 산등성이에 묻히겠지."

적잖이 마신 술에 취한 듯 초희는 속마음을 거리낌없이 내어놓았다. 재옥은 친구들이 권할 때 술이라도 잔뜩 마셔 둘 걸 하는 후회가 뒤늦게 일었다. 이럴 때, 무슨 말을 해야 할까. 홍 선생님이라면 무슨 말을 하셨을까.

속이 좋지 않은지, 초희는 문을 열어 두었으니 바로 들어오라며 먼저 집으로 들어갔다. 초희네 마당에 놓인 평상에 재옥은 주영과 걸터앉았다. 벌써 밤이면 가을 냄새가 나는 밤하늘에서는 암록의 나뭇잎들이 축축한 물방울들을 긋고 있었다. 아이들이 여름내 그 둥걸을 오르내리기도 하고, 매달리기도 하던 늙은 느티나무에는 누군가 새긴 하트 모양이 골 깊게 패어 있었다.

소처럼 우두커니 앉아 고개를 숙이고 있는 주영의 뒷모습을 재옥은 안쓰럽게 바라보았다. 우리들 마음에 빛이 있다면. 동요를 부르던 아이는 벌써 군인이 되려 한다. 옆머리를 박박 깎고 붉은 명찰이 달린 해병대 군복을 입은 주영의 모습이 눈앞에 몽유병자처럼 지나친다. 재옥은 구부정한 등을 보이고 돌아앉은 주영의 어깨에 손을 얹었다.

"너, 나 가질래?"

주영은 재옥의 말을 제대로 듣지 못한 듯 그냥 싱겁게 웃어 보였다. 어릴 때, 물수제비를 날릴 때처럼 비스듬히 고개를 외로 꼰 채 여름 별들이 서늘히 식어 가는 걸 바라볼 뿐이었다. 재옥은 자신의 가슴속에 화살처럼 박혀 있던 말들을 서서히 뽑아들었다. 그 것은 이미 제 살로 굳어 있었다.

길을 떠난 청년들은 노인이 되었다. 세월은 그들에게서 화살도 잊게 했다. 한 사람이 늙어서 고향으로 돌아오게 되었다. 노인은 친구들을 기다렸지만 돌아오지 않았다. 어느 날, 노인은 자신이 쏜 화살이 어느 큰 나무에 박혀 있는 걸 보았다.

그와 함께 산다는 것

정 환

나는 후다닥 화장실 문을 연다. 변기 깔판 위에 덩이가 하나 납작 깔아 뭉개져 있고, 바닥에도 일부러 칠한 것처럼 여기저기 똥이 묻어 있다. 누군가가 진공청소기로 빨아들이는 것처럼 머릿속이 하얗게 비어 간다. 아무런 판단을 내릴 수가 없다. 다시 보니 벽에도 똥칠이 묻어 있다. 다 팽개치고 도망가고 싶은 마음이 강력한 전류처럼 몸을 휘감는다.

　　　　　　그는 식탁에 앉으면 바로 성호를 긋고 한 마디 한다.

"감사히 먹겠습니다. 아멘."

'아멘' 소리는 반찬의 질에 따라 다르다. 맘에 드는 반찬이 나오면 소리는 힘차고 여운이 길게 끌린다. 반찬이 시답잖으면 그저 습관인 것처럼 소리를 내는 듯 마는 듯 흘린다. 오늘 아멘 소리는 중간 톤이다.

아멘 소리가 식탁에 떨어져 구르면 그는 천천히 숟가락을 들고 국물을 떠 맛보고, 국물이 넘치지 않도록 조심스럽게 밥을 국에 만다. 넘칠 듯 잘름거리는 국밥을 한 숟갈 입에 떠넣고 음미하듯 씹으면서 식탁에 놓인 반찬을 하나씩 다 집어먹어 본다. 국밥의 양과 반찬의 양을 적절히 가늠하면서 입맛에 맞는 것은 아끼고 아껴 맨 나중까지 먹는다.

그는 밥을 먹을 때 항상 맑은 콧물을 흘린다. 콧물이 콧구멍에 맺히면 손등으로 두 콧구멍을 이쪽저쪽 한 번씩 훔친 뒤 그 손을 바지에 쓱 문지른다.

"아버님, 휴지로 푸시랬잖아요?"

내가 기겁을 하고 소리치면 그는 그때서야 더듬더듬 손을 뻗어 휴지를 뽑아 코를 풀고 그 휴지를 사각으로 반듯이 접어 놓았다가 다음에 또 쓴다.

그가 갑자기 연거푸 재채기를 한다. 코 안에 있던 밥알이 튀어 식탁에 퍼진다. 밥알에는 끈적한 콧물이 묻어 있다. 재채기는 멈추지 않고 격렬하게 계속된다. 입 안에 있던 틀니가 빠져 식탁 위에 또르르 구른다. 나는 고개를 돌린다.

출근 시간에 쫓기는 내 조급함과는 상관없이 그는 틀니를 다시 끼고 천천히 오래오래 씹는다. 국물 한 방울 남기지 않고 국밥을 다 먹고 반찬도 다 비운다. 하루 종일 집 안에서만 지내는 아흔한 살 노인네 식성이라고는 믿을 수가 없다. 과일이나 과자, 빵이나 케이크, 떡 등 이따금 주는 간식도 말끔히 그릇을 비워 낸다. 해물을 좋아하는 그는 찌개든 국이든 구이든 조림이든 젓갈이든 식탁에 해물이 나오면 다 먹고 나서 후렴구를 넣듯 꼭 한 마디 보탠다.

"참, 맛있게 먹었다!"

그는 틀니조차 맛을 느끼는 데 별 불편이 없는 것 같다. 그러기에 그의 식성을 감당하려면 그만큼 내가 부지런해야 한다. 그가 아침을 먹으면 설거지를 하고 지난밤 만들어 놓은 반찬을 점심과 저녁 분을 따로따로 식탁에 차려놓고 출근한다. 때로 시간에 쫓겨 눈썹 그릴 시간이 없어도 그의 식사만큼은 빼놓을 수 없는 일이다.

이번 주부터 강사 평가가 시작된다. 평가는 학생의 숫자다. 학생 수가 줄면 강사료도 줄고 퇴출 위험도 그만큼 높아진다. 그렇잖아도 나이 많은 강사라고 아이들이 뒷말을 한다는 소리도 들린다. 학부모 상담을 통해 노련미를 보여줘야 한다. 그렇지만 밤늦게 퇴근해 청소하고 빨래하고 반찬 만들다 보면 상담은커녕 전화기 붙들 시간도 없다. 항상 늦는 남편은 겨우 주말에나 빨래와 청소를 거드는 정도다. 그것도 컨디션이 좋을 때뿐이다.

당신, 아버님이 나를 얼마나 힘들게 하는지 알아?

내가 퍼부어 대면 남편은 자기는 상관없는 일인 것처럼 차분하게 말한다.

너무 그러지 마라. 아버지는 늙고 힘없는 약자잖아!

약자? 약자는 아버님이 아니라 나라고, 나! 이 집안에서 노예처럼 일하고 있는 게 누군데? 내가 양로원 보모야? 자기 아버지 나한테만 맡겨놓고 몰라라 하게.

아침을 먹으면 그는 곧장 화장실에 간다. 잔뜩 구부러진 허리로 느릿느릿 걸어 고개를 겨우 들고 화장실 문 옆 벽에 붙은 스위치를 손가락으로 더듬는다. 세 개가 함께 붙어 있는 스위치는 맨 위가 화장실 등, 가운데가 환풍기, 맨 아래가 거실 등이다. 눈이 잘 안 보이는 그는 스위치 찾는 것을 몹시 힘들어한다. 환풍기를 틀었다가 거실 등을 켰다가 또는 두 가지를 한꺼번에 켜거나 틀었다가 문틈으로 새어나온 불빛을 보고 겨우 화장실 문을 연다. 그의 시력이 떨어진 걸 알고 안과에 갔을 때 의사는 백내장이라고 했다.

나이가 너무 많아 수술할 수는 없어요. 다른 병원도 마찬가질 겁니다.

하릴없이 우리는 그가 눈이 멀어 가는 것을 지켜볼 수밖에 없었다.

괜찮으세요?

나이 먹으면 눈이 흐려지는 거지 뭐. 아흔 살이 넘었는디.

그는 허허 웃는다.

설거지를 하는 내내 나는 화장실에 있는 그에게 신경이 곤두선다. 그가 서서 소변을 볼지도 모르기 때문이다. 남편과 나의 끈질긴 요구 끝에 지금이야 앉아서 보지만 가끔씩 서서 볼 때도 있어 신경이 쓰이는 것이다. 조절 능력이 떨어지는 그는 곧잘 오줌을 흘린다. 오줌은 변기 깔판과 화장실 바닥에 떨어져 물에 번진 잉크처럼 지린내가 화장실 밖으로 흘러나온다. 아파트에서 개 키우는 집에 가본 사람은 안다. 오줌 지린내가 얼마나 지독한지를.

소변을 본 뒤 그는 가래를 뱉는다. 크으으으으악, 크으으으으악, 가슴 구석구석에 굽이굽이 서린 가래를 끌어모아 퉤 하고 반복해서 내뱉는 소리는 내 몸을 빨래처럼 쥐어짜 비트는 것 같은 고통을 준다. 밤이고 낮이고 한 시간 반마다 드나드는 화장실에서 그는 그 같은 동작을 무슨 의식처럼 되풀이한다. 그때마다 나는 내 몸이 폭발하거나 찢어질 것 같아 조마조마하다. 그는 엄지손가락으로 한쪽 콧구멍을 막고 콧바람을 내어 번차례로 코를 푼다. 그 콧바람 소리가 가래 뱉는 소리만큼이나 크다. 변기 깔판과 화장실 바닥, 또는 벽에 덕지덕지 묻은 콧물과 코딱지, 노랗게 흘러내린 오줌과 지린내. 아들이 군대 가기 전에는 제 녀석과 함께 쓰는 화장실이라 투덜대면서도 녀석이 날마다 청소했지만 이젠 내 몫이 되어 버렸다. 그는 정확히 일주일에 한 번씩 대변을 본다. 그가 대변을 보는 날은 변기가 막히는 날이다. 뚜러뻥이라는 세척제를 사용해도, 고무로 된 압축펌프로 압력을 넣어도 딱딱하게 굳은 똥덩이가 변기를 막아 물이 내려가지 않는다. 세척제를 풀고 하루고 이틀이고 굳은 똥이 풀어질 때까지 기다렸다 압축펌프를 써야 한다. 그런 날은 그에게 소변통을 따로 놔줘야 한다.

오늘 그는 대변을 보지는 않았다. 나는 락스를 풀어 변기와 세면대, 화장실 바닥을 닦는다. 락스 냄새가 머리를 지끈지끈 밟는다. 매운 눈을 겨우 뜨고 서둘러 샤워기로 물을 뿌려 세제를 닦아

낸다. 물이 하수구를 빠져나가는 소리가 들린다. 문득 내 삶도 하수구 속으로 쪼르르 빠져나가는 것 같다.

마음을 가라앉히고 그에게 줄 과일을 깎는다. 자신의 의지와 상관없이 그는 다만 조절이 안 돼서 그럴 뿐이다. 낡을 대로 낡은 그의 몸이 그 기능을 제대로 작동시키지 못해서 그러는 것뿐이다.

그에게 과일을 건네주기 위해 문을 여는 순간, 역한 냄새가 얼굴을 할퀴면서 쏟아져 나온다. 땀냄새와 늙은이의 살비듬 냄새가 오래오래 찔어 쉰 듯한 냄새. 심할 때는 밖에서 들어오다 현관문을 여는 순간 온 집 안에 찌든 그 냄새가 날카로운 손톱을 들고 달려들기도 한다. 이를테면 체취일 텐데, 안노인네 없이 사는 남자 노인 집은 특히 그 냄새가 심하단다. 늙은 남자 몸에서 나는 호르몬이 중화되지 못한 까닭이다.

그는 텔레비전을 켜놓고 혼자 카드놀이를 한다.

그러니께 남편에게 쫓겨난 여왕이 군사를 일으켰단 말이지? 그럼 왕두 가만있지는 않을 거 아녀?

그의 카드판에는 사랑하고 다투고 울고 웃는 수많은 서양인들이 하루 종일 분주하다. 그는 왕과 여왕과 나뭇잎과 풀잎과 보석과 심장이 서로 대화를 나누도록 연결하고, 싸우게 하고, 각자의 입장을 대변해 주고, 갈등을 조절한다. 처음 허리를 세우고 놀던 그의 자세는 점점 굽어 이제 코를 바닥에 대고 말한다. 그만큼 눈이 흐려져 있다는 뜻이다.

언제부터 카드를 배우셨어요?

아들아이가 신기해하며 물었을 때 그는 씽긋 웃었다.

배기는 뭘 배. 그냥 넘덜 노는 거 들여다보구 알게 된 거지.

젊어 만주를 떠돌다 마작을 배운 그는 그 시골 바닷가 마을에 처음으로 마작을 퍼트린 인물이다. 그때까지 투전과 화투밖에 모르던 마을 남정네들은 상 위에 깨끗한 천을 깔고 상아로 만든 마작으로 성을 쌓으며 겨울을 났다. 남정네들 사이야 어떤지 모르지만 아낙네들이 그를 어떻게 봤을지는 보지 않아도 훤하다.

그러니께 오두막을 두 채나 지었단 말이지?

그럼 뭐 하냔 말여. 여긴 궁궐을 지었는디.

뭐? 거긴 성을 니 채나 지었다구?

그는 패를 네 몫으로 나눠 돌린 뒤 각자의 패에 따라 죄고 풀고 견제하고 베팅하고 판을 해설한다. 텔레비전에서는 쿵쿵 울리며 쏟아지는 아침 아홉 시 삼십 분 뉴스가 끝나 가고 있다.

오늘 날씨는 맑고 서해 바다에는 바람이 불어 파도가 높게 일겠습니다. 파도의 높이는…….

바다 이야기가 나오자 그는 고개를 들어 텔레비전 화면을 본다. 한때 자신의 배로 동중국해, 남중국해까지 고기를 잡으러 다녔다는 그는 아련한 시선으로 물결 넘실대는 화면에서 눈을 떼지 않는다.

"과일 드세요. 이웃들이 뭐라고 하기 전에 소리는 줄이시구요."

내 말을 알아들었는지 그는 손을 뻗어 텔레비전 버튼을 누른다. 그러나 볼륨은 더 커지고 놀란 그가 다시 볼륨 버튼을 누른다는 것이 채널 버튼을 눌러 채널이 마구 요동친다. 나는 볼륨을 낮추고 채널을 고정시킨다.

"채널과 볼륨은 건드리지 마시고 전원만 켰다 껐다 하시라니까요!"

나도 모르게 언성이 높아진다. 텔레비전 때문에 생긴 말썽이 한두 번이 아니다. 새벽에 아파트가 떠나갈 듯한 소리에 남편과 나는 후다닥 일어났다. 누군가 창문에다 확성기를 틀어놓고 방송을 중계하는 것 같았다. 놀라 튀어나갔을 때, 소리는 그의 방에서 났다. 그가 텔레비전 볼륨을 끝까지 올려놓고 허둥대고 있었던 것이다. 사람이 있을 때 그러면 다행이지만 없을 때는 난리다. 밖에서 늦게 들어온 밤, 사람들이 우리 집 현관문 앞에서 웅성거리고 있었다. 현관문 안에서는 예의 그 확성기로 증폭한 듯한 텔레비전 소리가 울려 퍼지고 있었다. 잠자리에 들었다가 튀어나온 이웃들이 경비와 함께 초인종을 누르고 현관문을 두드렸지만 안에서는 대꾸가 없었다. 이웃들에게 거듭 머리를 조아리고 그의 방에 들어갔을 때, 그는 고개를 숙이고 카드판을 중계하고 있었다. 그는 소리의 성 안에 들어가 있었던 것이다.

텔레비전 때문에 그처럼 여러 번 소동이 일어났어도 그가 아침에 눈을 뜨자마자 하는 일은 텔레비전을 켜는 일이다. 이불을 개기도 전에 어둠을 몰아내기라도 하듯, 또 하루를 함께 할 친구를 불러내기라도 하듯, 텔레비전을 켠다. 어차피 잘 보지도 듣지도 않는 것, 볼륨과 채널을 고정시켜 놓고 전원만 켜도 될 것을 그는 겨우 빛이나 형체만을 가늠할 수 있는 눈으로 버튼을 더듬다가 채널을 돌려 놓거나 볼륨을 끝까지 키워 놓고 허둥대곤 한다. 어떨때는 채널과 볼륨을 적절하게 만져 놓기도 해, 일부러 그러는 게 아닐까 싶을 때도 있다. 무언가 못마땅하거나 화가 나서 그것을 표현한 것일 수도 있고, 자신이 아직 거기 살아 있다고 시위하는 것 같은 때도 있다.

허둥지둥 반찬을 챙겨 그의 점심과 저녁상을 차려놓고 화장대에 앉았지만 화장이 잘 받지 않는다. 에센스도 파운데이션도 잘 스미지 않는다. 한숨이 폭 나온다. 내 한숨 소리를 따라 문 여는 소리가 들리고, 그가 거실로 나온다. 아무 소리가 없으니 집이 빈 줄 알고 나와 보는 것이다. 그는 집 안 여기저기를 둘러보며 무슨 의식을 치르듯 이 물건 저 물건을 만져서 확인한다. 맨 먼저 열어 보는 것이 냉장고다.

이게 고기여 생선이여?

생선일세.

그는 혼잣말을 주고받으며 냉장고 안 반찬과 식품들을 만져 보고 냄새를 맡아 보고 얼른 입에 넣어 맛을 보고 새로 이름을 붙이듯 뭐라고 한 마디씩 덧붙인 뒤 맞춤한 것이 있으면 누가 보나 잘 뵈지도 않는 눈으로 둘러보고 후다닥 주머니에 넣기도 한다. 그리고 아무 짓도 안 했다는 듯 주방과 식탁의 물건들 하나하나를 손으로 만져 호명하며 인사를 한다.

니가 누구여? 칼도매여?

가운디가 팬 걸 보니께 갈어 줄 때가 됐나 보다.

이건 뭐이관대 뚜껑이 덮여 있네!

그는 늘 그렇듯 뚜껑을 열어 냄새를 맡아 본다. 더듬어서도 냄새를 맡아서도 확인이 안 되면 손가락으로 찍어 맛을 본다.

양념간장이구먼!

거실 탁자에 놓인 꽃병도 확인하고, 그와 그의 아내, 자식들이 함께 찍은 가족 사진 액자도 손으로 만져 본다.

사진틀인 모양이구먼. 근디, 누구 사진이리야?

별 뜻 없이 중얼거리다가는 거실 베란다 쪽 창틀을 붙잡고 서서 볕바라기를 한다.

볕 참 좋다! 바당이 나가기 딱 좋은 날인디…….

가만있자, 오늘이 몇 매드라?

몇 년 전만 해도 그는 사리때와 조금때를 헤아리며 물때를 따졌다. 뱃노래 몇 자락을 흥얼거리기도 했다. 지금 그는 물때도 잊었고, 뱃노래도 부르지 않는다. 남편이 물때를 물으면 골똘히 생각하다 고개를 저으며 말했다.

그러니…… 참, 당최 생각이 잘 안 난다.

바지에 오줌 싼 아이처럼 남편을 쳐다보며 민망해하기도 했다.

그는 창틀을 붙잡고 한참을 더 서 있다가 허리가 아프면 다시 돌아서 누가 있나 살피듯 남편의 서재를 기웃거리다가 주방 쪽으로 몸을 돌려 식탁과 찬장 사이를 서성인다. 그렇지만 찬장을 열어보지는 않는다. 허리가 많이 굽어 시야가 거기까지 미치지 않는 것이다.

벌써 배고픈 것일까? 나는 어처구니가 없어 주방 쪽에 대고 소리친다.

"아버님, 왜요?"

"아, 아니다."

그가 화들짝 놀란다. 누가 있으리라고는 생각지 못한 것이다. 그는 서둘러 자기 방으로 들어간다. 그는 다시 카드를 붙잡고 깔고 앉은 요 네 귀퉁이에다 패를 돌리고 각기 역할을 주어 게임을 할 것이다.

패보다 중요한 것이 놀음이여!

그는 패를 든 다른 이의 심리를 읽고 훈수를 하고, 페인트를 하고 베팅을 하고 해설을 할 것이다. 어쩌면 다행인지 모른다. 그가 포커를 할 수 있기 때문에 치매에 완전히 침몰당하지 않는 것일 수도 있으니까.

그가 서울에 온 지도 십 년이 넘었다. 강건해서 그보다 훨씬 오래 살 것 같았던 그의 아내가 읍내 병원에서 수액 주사를 맞다 주사바늘을 꽂은 채로 숨졌다. 일 년에 한두 차례 피곤할 때마다 맞던 주사였으나 죽음은 바로 그 주사액 속에 숨어 있다 그의 아내 몸으로 들어갔던 것이다.

부정맥이 있어 손쓸 수가 없었습니다.

의사가 그렇게 말했다. 처음 듣는 얘기였다. 사인을 밝히기 위해 남편이 이리저리 뛰어다녔지만 의사의 말을 뒤집을 수는 없었다. 문제는 그였다. 수족 같았던 아내 없이 살아야 하게 된 것이다. 그는 시골집을 떠나려 하지 않았다.

나는 서울 가서는 못 살어. 여기서 혼자 살겨.

막무가내였다. 한 달이 지나 가보니, 그는 술 속에 빠져 있었다. 아내를 잃은 상실감도 상실감이지만 도무지 식사를 해결할 수가 없었던 것이다. 그때 그의 나이 팔십이었다.

이제 그만 가시죠.

남편이 말하자 그는 주먹으로 눈물을 훔치며 일어났다. 자식들은 그에게 애틋했다. 이혼한 큰아들이야 혼자 사느라 어쩔 수 없다 해도 둘째아들인 남편과 막내아들은, 그리고 나와 작은동서까지 그에게 애틋했다. 작은동서와 나는 자연스럽게 그를 번차례로 모시고 살았다.

십 년이 흐르자 다들 지쳐 갔다. 아침저녁으로 문안인사를 하고 끔찍이 챙기던 남편도 무덤덤해져서 들여다보는 둥 마는 둥 한다. 정말이지 할 수만 있다면 나도 그로부터 자유로워지고 싶다.

"야이, 아직 집이 있니?"

출근옷으로 갈아입고 있는데 그가 거실에서 소리친다.

"예? 왜요?"

그가 바지주머니에서 꼬깃꼬깃 접어 놓은 만 원짜리 한 장을 꺼낸다.

"술 한 병 받아 주구 가라. 내가 나갔다가 길 못 찾을께미 그려."

한 달 전 올해 여든인 그의 막내여동생이 오라버니 보고 싶다고 다니러 왔다가 술 받아 잡수라고 준 돈을 그렇게 한 장씩 꺼내 놓는 것이다.

"알았어요. 방에 들어가 계세요."

"그런디, 방이 휴지도 떨어졌다."

"알았어요. 갖다 드릴게요."

그런데 문제는 그가 자기 여동생을 알아보지 못했다는 것이다.

오빠! 내가 누구유?

뉘시우?

내가 형점이우.

형점이? 형점이 죽었잖여?

내가 형점이유, 오빠!

니가 형점이여? 나는 한 30년 안 뵈길래 죽은 줄 알았드
만……

그는 그렇게 한 사람씩 기억에서 지워 갔다. 여행 갔다 온 아들
아이를 몰라봐 아들 녀석이 몹시 서운해하기도 했다. 눈이 보이지
않으니 지각하기 어렵고 기억하기 더 어려울 터였다.

오빠도 참, 애들 그만 고상시키고 언능 가셔야겠수!

그의 여동생은 진물 같은 눈물을 손수건으로 찍어내면서 치마
안주머니에 들어 있던 십만 원을 내놓았던 것이다.

나는 주방으로 가 남편이 사다 놓은 소주 한 병을 반병으로 나
눠 두루마리 화장지와 함께 그에게 가져다 준다. 생전 처음, 새로
들어온 큰동서 집에 일 년 가까이 머무는 동안 억지로 끊었던 술
을 그는 다시 입에 대고 있다. 이 교회 저 교회 떠돌이 목사 일을
하는 큰아들이 술도 돈도 일체 주지 않자 그도 어쩔 수 없었던 것
이다. 그곳에서 그는 술 대신 큰아들이 틀어 주는 설교 테이프를
하루 종일 들어야 했다. 물론 특별한 날이 아니면 내 집에서도 술
을 주지는 않는다. 술을 마신 뒤 화장실에서 넘어진 뒤로는 조심
할 수밖에 없는 처지다. 그런데 집에 다녀간 누군가로부터 용돈을

받아 주머니에 돈이 있으면 그는 그걸 못 견뎌 한다. 그걸로 술을 마셔야 하는 것이다. 안 된다고 말해 보지만 그의 간절한 눈빛을 보는 순간, 물리칠 수가 없다.

저런 성격으로 어떻게 가정을 꾸려 왔대?

내가 비아냥거리면 남편은 몹시 불쾌한 표정을 짓는다.

당신 인생 돌보지 않고 평생을 자식들에게 헌신하셨어. 그 궁벽한 바닷가에서 자식들을 다 가르쳤잖아?

믿기지 않는다. 내가 그를 처음 본 것은 그가 칠십대였을 때였다. 그는 그때 그의 늙은 아내가 시장에 나가 해물이나 농산물을 팔아 바꿔 온 돈과 자식들이 주는 용돈으로 생활하고 있었다.

그러면 뭐 해. 자식들에게 물려준 거 하나 없고 짐만 되는데.

남편은 발끈한다.

내가 어떻게 태어났고, 우리 애가 어떻게 났는데?

그건 누구나 마찬가지네요. 애비 없는 자식이 어딨겠습니까?

나도 멈추지 않는다. 어리석은 시비인 줄 알지만 내 가슴이 승복하지 않기 때문이다.

아버지는 우리 마을 최고의 어부셨어. 모두들 연안에서 늘 잡던 고기들을 잡을 때, 아버지는 뱃동사를 모아 중선을 타고 동지나해 남지나해 휘저으며 고기를 잡았다구. 그게 무슨 뜻인지나 알아? 더 넓은 세상을 개척하러 다녔다구! 그러기에 우리가 공부하고 그 시골 바닷가를 벗어날 수 있었다구! 당신이 아버지를 멸시하는 것은 나를 멸시하는 거야. 나는 당신에게 멸시받고 살고 싶지는 않다구!

오버하지 마. 나는 다만 내가 힘들다고 얘기하는 것뿐이니까.

그에 대한 남편과의 대화는 세 걸음을 떼기 힘들다. 그와 함께 살아온 역사가 다르고, 그를 대하는 감정과 관점이 다르기 때문이다.

그는 성격이 못됐다거나 함께 살기 까다로운 존재는 아니다. 그는 온유하고 자족적이다. 밥과 술이 있으면 별다른 요구가 없다. 누군가를 괴롭히거나 스스로 부대끼지도 않는다. 그렇다고 누군가를 살뜰하게 챙기지도 않는다. 밤늦게 들어오다 화장실에 가는 그와 현관에서 마주쳐도 그는 내게 다녀왔냐는 인사 한 마디 먼저 건네지 않는다. 그 때문에 내가 상처를 받아도 그는 상처받지 않는다. 그러기에 그는 오래 살 수밖에 없다.

무슨 교감이 있어야 모시든지 함께 살든지 할 거 아냐?

속이 상해 내가 한 마디 하면 바보 같은 남편은 꼭 그의 역성을 든다.

차라리 잘 됐지 뭐. 감정이 잘못 얽히기라도 하면 서로 더 피곤하잖아.

모질기는! 그 애비에 그 아들 아니랄까 봐. 그걸 말이라고 해? 어떻게 한집에 살면서 서로 감정을 나누지 않고 사나? 개나 고양이를 키워도 사람이 밖에 나갔다 들어오면 반기는데.

억지 부리지 말고 있는 그대로를 봐요. 아버지가 이것저것 챙기실 나이인지. 아버지는 평생의 일과를 마치고 떠나온 곳으로 돌아가기 위해 잠시 우리 집에서 깃을 접고 있는 한 마리 지치고 늙은 새라고. 그런 것을 헤아릴 힘이 없잖아. 감정과 기대를 싣지 말고 있는 그대로를 보라고.

당신이야말로 있는 그대로를 봐. 아버님이 어떻게 생활하는지, 내가 감당할 수 있는지. 나는 정말 견딜 수가 없다고.

싸워 봤자 답이 있는 것은 아니다. 나는 다만 내 답답한 가슴을 그렇게라도 두들기는 것이다.

아무래도 건강은 타고나신 것 같아. 평생 말술을 드시고도 이렇게 정정하신 걸 보면.

가끔 그의 조카들이 다니러 와 술을 따라 주며 저들끼리 하는 말이다. 그는 정말 건강하다. 혈압약을 먹는 거 외에는 몇 년 동안 병원에 가본 일이 없다. 허리가 덜 굽었을 때는 아래층 혼자 된 할머니가 그에게 눈독을 들이기도 했다. 그때만 해도 그는 노인정에 나갔으며, 시간을 정해 하루 한 시간씩 집 근처 공원을 산책했다. 건강하고 순해 보이는 그를 보고 할머니가 탐을 냈던 것이다. 어떻게 소문을 들었는지 또 다른 육십대 할머니는 내 눈치를 보며 말했다.

"거시기 말여, 내가 댁 시아버지 모시고 시골집에 내려가 같이 살면 안 될까? 집도 비어 있다면서……."

남편과 시동생은 그랬으면 하는 눈치였으나 나와 동서가 반대했다. 당장이야 편하겠지만, 그가 죽은 뒤에 그 안노인네까지 모시거나 챙겨야 하는 사태를 원치 않았던 것이다.

그러나 아무리 그래도 나이는 나이다. 그는 이제 술을 이겨내지 못한다. 주사를 부린 적은 없지만, 술을 먹으면 전등 스위치를 찾지 못해 십여 분 동안 이 스위치 저 스위치 켰다 껐다를 반복하고, 화장실에서 일을 보고 난 뒤 방향감각을 잃어 거실을 뱅뱅 돌다가 안방에 들어오기도 한다. 무엇보다 견딜 수 없는 건 술지린내다. 술을 먹으면 그는 소변 양이 많아진다. 평소에 앉아서 누다가도 술기운에 서서 눈다. 그가 화장실에서 나오면 여기저기 흘린, 술과 오줌 냄새가 섞인 술지린내가 집 안 가득 넘실댄다. 창문을 열어 환기시키고 화장실을 락스로 닦아내지만, 내 가슴에는 시한폭탄이 째깍째깍 작동하기 시작한다.

도대체 내가 무슨 죄를 지었단 말인가?

이태 전 나는 몹시 앓았다. 작은동서네와 한 해씩 번갈아 모셔오다 사업에 실패한 작은동서네가 집을 줄여 가는 바람에 우리가 맡아 그와 함께 산 지 삼 년이 지나서였다. 가슴에선 불이 화락화락 일어나는데 정작 체온을 재면 변화가 없었다. 몸이 딱딱하게 굳어 갔다. 소화도 안 되고 아프지 않은 곳이 없었다. 마냥 괴로워 앉아 있을 수도 서 있을 수도 누워 있을 수도 없었다. 병원에서는 검사 결과 별 이상이 없다고 해 한방 병원에 가서 침 맞고 첩약을 먹고 물리치료를 받으며 삼 주 동안 입원했다. 학원도 쉴 수밖에 없었다. 직장에서 퇴근한 뒤 병원에서 내 수발을 들고 집에 가 그를 챙기느라 남편은 보름 만에 병이 나 나와 자리를 바꿔야 할 처지였다. 그의 다른 아들들과 며느리들은 병원에 잠깐 얼굴을 내밀 뿐 누구도 그를 거두려 하지 않았다.

퇴원한 다음 맞은 설날, 나는 작심을 하고 말했다.

나 혼자 감당하기 너무 힘들어요. 그전처럼 형제들이 서로 번갈아 모셔요.

오랫동안 침묵이 흘렀다. 자신의 양말부리만 쥐어뜯던 작은동서가 먼저 입을 열었다.

다 아시잖아요. 형편이 안 된다는걸. 애들이 커서 각방을 써야 하는데, 그럴 방도 없다구요.

작은동서는 제 말만 끝내고 일어서 가버렸다. 어이없어하며 멍하니 천장만 쳐다보다 침묵이 길어지자 남편이 몸을 뒤틀었다. 나는 남편의 팔을 잡아챘다. 다시 긴 침묵이 이어졌다.

다음 추석 때까지만 모셔 볼게.

이혼과 목회 일을 핑계로 한 번도 모셔 본 적이 없는 큰아들이 새로 들어온 부인의 눈치를 보다 마침내 입을 뗐다. 그러나 다음 추석이 돼서도 뾰족한 수가 없었다. 작은동서는 되풀이해서 말했다.

나는 모실 만큼 모셨어요. 지금은 모시고 싶어도 형편이 안 돼요. 잘 아시잖아요.

아버님 살아 계신데 모실 만큼 모셨다는 말이 어딨어?

나는 작은동서에게 핀잔을 줬다.

힘든 것은 누구나 마찬가지야. 그래서 짐을 나눠 지자는 거라고. 어떤 차례로 어떻게 모실 것인지 서로 몫을 나누면 공평하잖아?

그러나 누구도 자기 몫을 말하지 않았다. 다시 설이 되어 상황에 변화가 없자 큰아들은 지방 순회 목회를 떠난다고 그를 양로원에 맡겨 버렸다.

소식을 듣고 나는 남편과 함께 그곳으로 달려갔다. 양평 산골 가파른 언덕길을 올라 다시 경사 급한 돌계단 위에 있는, 모든 창문에 쇠창살이 세로로 질린 가정집이었다.

안주인 여자의 안내로 안으로 들어서자 여자가 뒤에 서서 현관문을 위아래로 잠갔다. 거실에는 살이 홀쭉 빠진 안노인네 네댓이 한쪽 무릎을 세우고 앉아 들어서는 우리를 눈으로만 살폈다. 창문에 붙어 서 있던 한 할머니는 우리 쪽을 힐끔 보더니 이내 고개를 돌려 하염없이 창밖만 내다봤다. 그는 벌집처럼 죽 늘어선 방들 가운데, 주방에 가까운 방에 앉아 허리를 굽히고 혼자 포커게임을 하고 있었다. 그의 옆에는 뼈만 앙상하게 남은, 볕을 못 쬐 힘줄이 투명하게 드러난 자그마한 노인이 누워 곧 멈출 것 같은 숨을 가쁘게 몰아쉬고 있었다.

지낼 만하세요?

이~ 괜찮여, 나는.

대수롭지 않게 말했지만 그도 새로운 환경에 적응하느라 맘고생이 심했는지 오래 앓은 사람처럼 눈이 퀭했다. 그 눈에는 버려진 자의 원망과 슬픔이 묵처럼 엉켜 있었다. 내 눈에서 눈물이 핑 돌았다.

아버님, 집에 가실래요?

집? 그려!

평소 굼뜬 행동과는 달리 그는 얼른 카드를 추려 챙기고 벽을 잡고 일어섰다. 남편이 충혈된 눈을 창밖으로 돌렸다. 그러나 그의 자식들은 이제 명절에도 내 집에 오지 않는다.

"다녀오겠습니다!"

출근 시간이 너무 늦어 그의 방문을 조금 열고 건성으로 인사를 던지는 순간, 갑자기 구역질이 난다. 그의 방에서 똥냄새가 코를 할퀴며 달려든 것이다. 나는 조급한 마음과 두려운 마음을 달래며 문을 마저 연다. 그가 걸어간 발자국마다 누런 똥이 묻어 있고, 그것은 그가 앉아 포커게임을 하는 요까지 이어져 있다. 내 시선을 느낀 그는 당황한 아이처럼 엉거주춤 서서 멍한 눈으로 나를 본다.

"대변 보셨어요?"

"아니, 내가 무슨 똥을 싸!"

나는 후다닥 화장실 문을 연다. 변기 깔판 위에 덩이가 하나 납작 깔아뭉개져 있고, 바닥에도 일부러 칠한 것처럼 여기저기 똥이 묻어 있다. 누군가가 진공청소기로 빨아들이는 것처럼 머릿속이 하얗게 비어 간다. 아무런 판단을 내릴 수가 없다. 다시 보니 벽에도 똥칠이 묻어 있다. 그는 손으로도 만졌다는 얘기다. 다 팽개치고 도망가고 싶은 마음이 강력한 전류처럼 몸을 휘감는다. 소파에 주저앉았다가 호흡이 가라앉기를 기다려 학원에 전화를 한다.

"한 시간 정도 늦겠습니다. 보강 부탁드립니다."

나는 옷을 갈아입고 그에게 간다.

"물 받아놨어요. 얼른 목욕하세요."

"내가 무슨 똥 쌌다고 그려. 나 똥 안 쌌어."

그가 화를 버럭 낸다. 그가 화내는 모습을 처음 본다. 그만큼 수치심이 크다는 얘기다.

"알았어요. 출근해야 하니까 얼른 씻고 나오세요."

"똥 안 쌌다니께, 목욕은 무슨 목욕여?"

"알았어요. 안 쌌어요. 물 받아놓은 거 그냥 버릴 수 없으니까 얼른 하세요."

그제서야 그가 심통 난 얼굴 그대로 자축자축 화장실로 들어간다. 그가 벗어 놓은 팬티와 바지 안에는 똥이 그대로 묻어 있다. 잘게 부서진 덩어리 몇 개는 바지 부리에 걸려 있고, 요 위에도 떨어져 있다. 나는 그가 벗어 놓은 옷들을 요로 싸서 세탁실에 갖다 놓고 방을 청소한다. 가슴에서 불이 화닥화닥 일어난다. 나는 허리를 펴고 일어나 그가 갈아입을 옷을 꺼내 놓고 소파에 앉는다. 가슴에서 화닥이는 불이 좀체 가라앉지 않는다. 이젠 정말 어디론가 가버리고 싶다. 나는 창밖으로 눈길을 돌린다. 잎 진 나무 우듬지가 기우뚱기우뚱 흔들린다.

한 시간이 다 가도록 그는 욕실에서 나올 생각을 않는다.

"출근 시간 늦었어요. 빨리 나오시라구요!"

나는 있는 힘껏 소리친다. 물소리만 들릴 뿐 그는 대꾸가 없다. 나는 다시 옷을 갈아입고 현관문을 나선다. 가슴속의 불은 점점 커져서 몸을 다 태워 버릴 것처럼 확확거리는데, 불을 끌 수 있는 게 아무것도 없다. 나는 그냥 걷는다. 불은 걷잡을 수 없이 타올라 목구멍을 태우고 눈썹을 태운다. 나는 남편에게 전화를 건다.

"야, 이 나쁜 놈아! 내 몸이 다 타버려도 모를 이 나쁜 놈아!"

"왜 그래? 무슨 일 있어?"

"얼른 와서 화장실 청소해, 이 나쁜 놈아!"

갑자기 토악질이 난다. 나는 길거리에 주저앉아 엉엉 울면서 아침에 먹은 걸 다 토해낸다. 눈물과 콧물이 토사물 위로 거미줄처럼 끈적하게 떨어져 내린다. 마치 내가 제 몸에서 뽑아낸 실로 지은 제 집에 갇혀, 제 집을 벗어나지 못하는 거미만 같다.

남편이 넥타이를 매면서 식탁에 앉는다.

"화장실 청소했어?"

남편이 무슨 말이냐는 듯 고개를 들고 쳐다본다.

"어제 아버님 화장실 청소하랬잖아?"

"주말에 할게."

"당신 정말…… 아버님 모시고 올 때 뭐라고 했어? 아버님 방 청소하고 목욕시켜 드리고 화장실 청소한댔잖아? 처음 오셨을 때 한 번만 하고 연구소 일 바쁘다고 안 했잖아? 내가 다 했잖아? 내가 지금 그것까지 할 상황이냐구?"

목소리가 점점 커졌지만 그걸 걱정할 때가 아니다.

"알았어. 주말에 꼭 할게."

"뭐, 주말? 당신 어제 아버님 화장실 열어 보기나 했어? 주말에 할 상황인지 가보고 나서나 말해."

그는 더 대꾸하지 않고 묵묵히 밥만 먹는다. 아침부터 출근하는 사람 붙잡고 웬 호들갑이냐는 시위다. 가슴속에서 불덩이가 치밀어 목구멍을 꽉 막으며 돌덩이처럼 굳어 버린다. 숨이 막혀 그만 죽어 버릴 것만 같다. 나는 주먹으로 가슴을 친다. 도무지 숨을 쉴 수가 없다. 나는 소리를 지른다.

"악~"

그래도 숨을 쉴 수가 없다. 나는 가슴을 더 세게 치면서 소리를 더 크게 지른다.

"악~~"

멈추면 숨이 막혀 죽을 것만 같다. 나는 온 힘을 다해 소리를 지른다.

"악~~~, 악~~~"

소리는 스스로 기세등등하여 증폭된다.

"왜 그래?"

그제서야 남편이 놀란 눈으로 쳐다본다. 나는 멈출 수가 없다. 가슴속에서 터져 나오는 소리를 다 불러내지 않고는 그대로 쓰러져 죽을 것만 같다.

"알았어, 알았어. 청소하고 갈게."

남편은 숟가락을 놓고 화장실로 간다. 그래도 나는 멈출 수가 없다.

"악~~~, 악~~~"

창피하고 분하고 비참하고 슬프고……이대로 죽어 버렸으면 싶다. 온몸의 기운이 쑥 빠진다. 나는 기신기신 침대로 기어가서 눕는다. 눈물이 볼을 타고 주르르 흘러내린다. 내가 무슨 짓을 했단 말인가, 내가……

일찍 퇴근한 남편이 누워 있는 내 머리맡에 앉는다.

"같이 휴가 내고 여행 갔다 오자! 어디 갈까?"

"아버님은?"

"동생한테 한 달만 모시고 있으라고 하지 뭐."

일주일 휴가를 마치고 돌아온 집, 그의 냄새가 잔뜩 배어 있는 그의 방은 비어 있다. 마치 그가 이 집에 살지 않았던 것처럼 아무 일도 일어나지 않는다. 휴가 내내 불편하던 마음도 점차 평안해진다.

이렇게 살고 싶어, 이렇게!

마음은 더 이상 짐을 지고 싶지 않다고 자꾸 말한다.

그만 해. 할 만큼 했어. 다른 방법을 찾아봐. 꼭 함께 산다고 좋은 건 아니잖아? 시설 좋고 안락한 곳도 많잖아. 네가 살아야 세상이 존재하는 것 아냐? 더 이상 그 때문에 네 삶을 망가뜨리지 마. 제발!

그가 돌아올 시간이 가까워지면서 나는 밥을 먹을 수가 없다. 또다시 내 몸에서 시한폭탄이 째깍째깍 돌아간다. 그가 오는 순간, 아니 그가 오기도 전에 터져 버릴 것 같다.

한 달 만에 돌아온 그는 밤낮없이 잠만 잔다.

작은동서 집이 그렇게도 불편했단 말인가?

그렇게 자주 가던 화장실도 가는 기척이 없다. 틀니를 빼놓아 홀쭉 들어간 볼 밑으로 입이 헤벌어져 있다. 그 벌어진 입이 영원한 침묵의 동굴 입구처럼 보여 섬뜩하다. 숨소리도 거의 들리지 않는다. 이따금 푸우 하고 거친 숨을 몰아쉴 때야 비로소 그가 살아 있다는 걸 확인할 수 있다.

밥때가 되어 깨워도 그는 정신을 차리지 못한다. 긴장한 남편이 빈번히 그의 방을 들락거린다. 삼 일째 되는 날 남편은 고개를 흔든다.

"아무래도 준비를 해야 할 것 같아."

알 수 없는 두려움이 안개처럼 덮쳐 온다. 뭘 어떻게 해야 할지 길이 보이지 않는다.

그가 저러다 멀리 떠나는 걸까? 숨을 쉬지 않고 더 이상 이 땅에서 존재하지 않게 되는 걸까?

모든 게 내 탓만 같다. 내가 잘 못해 줘서, 내가 힘들어하고 그를 싫어하고 미워해서 그가 저리 된 것만 같다. 안개는 점점 두터워져서 이젠 발밑도 보이지 않는다. 몸에 자꾸 힘이 들어가고 목이 뻣뻣하게 굳어 간다.

갈수록 그의 잠은 깊어 간다. 무엇엔가 시달리는 듯 앓는 소리가 나서 흔들어 깨워 보면, 그는 한참 만에야 가까스로 눈을 떴다가 다시

감는다. 그의 속옷은 짜면 물이 흘러내릴 것처럼 땀으로 젖어 있다.

"병원에 모시고 가야 하잖아?"

두려움을 덜고 싶어 나는 남편을 쳐다본다.

"병원이 더 고통스럽게 할 수도 있어."

마음을 정한 듯 남편은 늠름하다.

"여보, 얼른 나와 봐!"

닷새째 되는 날 새벽, 그의 방 앞에 소파를 옮겨놓고 거기서 잠을 자던 남편이 다급한 목소리로 나를 부른다.

올 것이 온 것인가?

나는 두려움을 어금니로 꼭 깨물며 잠옷차림으로 달려 나간다. 놀랍게도 그가 비척비척 걸어서 화장실에 가고 있다. 그는 곧 손으로 화장실 스위치를 더듬으며 켰다 껐다를 반복한다. 그의 방에서는 그가 켜놓은 텔레비전 소리가 웅웅 울린다. 화장실 불을 켜주고 그를 부축하는 남편의 눈이 젖어 있다.

혹시 명현현상이 아닐까?

나는 믿기지 않아 화장실 쪽을 주시한다.

"크악!"

그가 가래를 끌어모아 뱉는 소리가 들린다. 이쪽저쪽 코를 눌러 코 푸는 소리도 들린다. 그가 소변을 보고 마무리짓는 소리다. 소리는 작았지만, 소리는 또한 그의 존재를 증명하는 표지이기도 하다. 내 몸에서 힘이 쑥 빠져나간다.

그가 다시 밥을 먹기 시작한다. 기운 없다면서 좋아하는 굴국에 만 밥을 몇 숟갈 뜨다 말았지만 그가 다시 밥숟갈을 든 것이다. 그의 밥량은 조금씩 늘어 간다. 화장실 출입도 빈번해진다. 기관지벽 구석구석을 훑어 내오는 듯한 가래 뱉는 소리도 커져 간다.

화장실을 나오던 그가 나를 부른다.

"야이, 방이 휴지가 떨어졌다."

아직 풀기 없는 목소리지만 나는 그가 뭔가를 요구한다는 게 반갑다.

"아버……."

아침을 먹고 들어간 그에게 과일을 갖다 주기 위해 그의 방문을 여는 순간, 나는 그를 다 부르지도 못하고 손에서 미끄러져 가는 과일 접시를 간신히 붙잡는다. 그 바람에 사과와 귤 조각 몇 개가 거실 바닥으로 구른다. 멍한 시선을 맞은편 벽에 고정시킨 그가 팬티를 무릎 아래까지 내리고 요 위에 앉아 있었던 것이다. 발기한 자신의 시커먼 성기를 손으로 붙잡고 위아래로 반복적으로 흔들고 있었던 것이다. 소리 나지 않게 문을 닫았지만, 나는 영문을 알 수 없다. 그가 왜 저러는지…….

근데, 저 나이에도 저게 가능하단 말인가? 아내가 죽은 지 십

일 년, 그는 그동안 저렇게 살아왔단 말인가? 우리는 어떻게 까마 득히 몰랐단 말인가? 그는 저렇게 자신이 살아 있음을 증명하는 것일까? 그가 명현현상을 넘어선 것은 분명해 보인다.

"아버님, 다녀오겠습니다."

오늘은 일찍 나가 수업 준비를 하고 아이들을 보듬고 학부모들 을 챙겨야 한다. 나는 서둘러 출근 채비를 하고, 그의 얼굴을 보기 가 민망해 방문에 대고 소리친다.

"크으으악!"

그때, 화장실에서 가래를 긁어모아 뱉는 소리가 들리고, 한쪽 코를 막고 한 쪽씩 코 푸는 소리가 들린다. 곧이어 물 내리는 소리 가 들리고.

나는 현관문을 연다. 그도 화장실 문을 열고 나온다. 그러나 그 가 문을 나서는 것보다 먼저 지린내가 쏟아져 나온다.

"아버님, 또 오줌 흘리셨어요?"

"워디 흘렸다그려. 안 흘렸는디……."

그는 별소리 다 듣겠다는 듯 눈썹을 치켜올리고 자기 방으로 들어가 버린다.

"앉아서 보시라니까 왜 또 서서 봐요?"

나는 벌써 사라진 그의 뒤통수에다 대고 소리친다.

'연항동파' 유랑의 길로 나서다

한상준

한 달이면 두 번 모이는 게 상례였다. 둘째, 넷째 일요일 저녁 여덟 시 혹은 일곱 시에 모이곤 했다. 여름철이면 기차가 아홉 시에 떠나는 게 아쉬워서 여덟 시에 모이는 것이고, 겨울철이면 여섯 시 조금 지나 입영 열차에 술에 젖은 몸 싣고 논산으로 떠났었지, 하며 삼십여 년 전의 아련한 추억을 곱씹으면서 저녁 일곱 시에 모이는 것이었다.

연향동파의 모임 장소가 바뀌었다.

'연향동파' 란 내가 붙인 이름이되, 도반끼리는 연향학파蓮香學派
라 칭한다. '학파' 라 부르지 못할 바도 아니지만, 이는 순전히 내
자격지심의 발로다. 'OO학파' 와 '동파洞派' 는 그 쓰임에 있어, 호
남학파, 영남학파라 이르듯 학문의 깊이를 연연히 이어온 학자들
의 유구한 결사체이고 연향동파니 구로동파니 하는 동파라 함은
그 주먹세계 왕초의 출신지 혹은 세勢의 주력이 활개치고 나다니
는 곳을 이르는바, 그 천양지차를 모르지 않는 터이오니, '연향학
파' 의 도반들께는 꽤 불경스러운 표현이다. 함에도, 내 결여를 끝
내 숨기면서까지 '학'으로 명명하기에는 그나마 수준 이하로 나
락하지 않은 내 심성의 소이라 여기사, 용서를 구할 따름이다.

물론, 나도 아내에게는 '연향학파' 라고 때때로 지칭하긴 한다.

아내의 편잔이 때때로 뒤따르기도 하지만, 아내는 그 모임의 점잖은―이라고 표현하는 데에 전혀 인색할 이유가 없는―술판 때문에라도, 모임에 참석하기 위해 집을 나서는 걸 저어하지는 않는다. 면면들이 술꾼이 아닌 탓이었다. 제 남편이 술에 관해 문제라면 제일 문제였지, 다른 참석자들은 술하고는 견원지간에까지 이른 듯 보인 연유다.

아내는 동참하는 면면들을 안다고는 하나, 얼굴 보면 이름 석 자 댈 정도일 뿐 속속들이 꿰뚫고 있지 않으므로, 그동안 그 모임에 참석했다 돌아오는 남편의 술기운으로 미루어 보건대, 그네들 개개인의 주량은 헤아리기 어려우나 총량은 어림잡을 수 있게 되었다. 연향동파 모임에서 돌아오는 남편의 언행이 그나마 소주 몇 잔 마신 술 구설口舌을 봐서 그렇다는 것이다. 동공이 해해 풀린 것 하며 내뱉는 말투로 봐, 아, 몇 병 걸쳤군, 하고 딱 알아맞힐 정도의 눈대중을 함께 살게 된 이후 오래지 않아 지니게 된 차제에, 그네들의 술의 총량을 가늠할 수 있는 지경에 이르러 있었다. 사실 아홉 명의 도반 가운데 여덟이 모여 두세 시간 언거언래言去言來, 세상사 여러 경계를 두루 넘나들며 진중한 대화와 술잔 나눌 시, 소주 이홉들이 겨우 한 병―마저 버겁다고 여겨지면 소주를 즐겨하는 도반 두엇마저 따뜻한 매실차나 과일주스 등으로 대체하는 경우 또한 없지 않거니와―, 생맥주 오백짜리 대여섯 잔이면 딱이었으니, 그도 그럴 만했다. 대단한 필력으로 진보지 혹은 좌파지라 일컫는 모 일간지의 독자투고란 한 면을 화려히 장식하기까지 한 도반 신F은 다른 도시에 사는고로, 특별한 모임이 있는 경우 말고는 참석하지 않았다. 딴은, 그의 주량이 크다면 제일 컸다.

한 달이면 두 번 모이는 게 상례였다. 둘째, 넷째 일요일 저녁 여덟 시 혹은 일곱 시에 모이곤 했다. 여름철이면 기차가 아홉 시에 떠나는 게 아쉬워서 여덟 시에 모이는 것이고, 겨울철이면 여섯 시 조금 지나 입영 열차에 술에 젖은 몸 싣고 논산으로 떠났었지, 하며 삼십여 년 전의 아련한 추억을 곱씹으면서 저녁 일곱 시에 모이는 것이었다. 또한 아홉 명 모두의 참석을 요하는 어느 특별한 날에는 토요일 오후로 모임을 옮기는 때가 없는 건 물론 아니었다. 이를테면 일 년에 한 번 있는 남녘, 어느 조그마한 포구로 전어를 먹으러 가는 날이면, 토요일 저녁식사 전에 모이는 식이었다.

얼마 전의 어느 토요일, 아홉 도반이 다 모여 전어 먹으며 술잔 나누던 풍경을 예로 든 대화의 격 또한 이랬다. 요즘 시중의 입심으로 "집 나간 며느리 돌아올까, 대문 걸어 잠그고 먹는다"는 만담 내지는 "가을 전어 대가리에 깨가 서 말"이라는 옛말 따위는 그래, 상 위에 오른 음식에 대한 예우로써 서두로 대접해 줄 만한데도, 참으로 무색할 만큼 씨알도 먹히지 않는 화제가 되는 정도였다.

이를테면 조선 후기 실학자 서유구가 쓴 『임원경제지』를 소개하면서 전어를 '錢魚'로 표기하게 된 유래를 들먹이는 경우를 제격이라고 보는 품격을 견지하고자 하였으니…… 오랜만에 만난 도반 신이 잘 나가는 필력에 버금가는 거침없는 논객인지라, 애당초 처음부터 본색을 드러내 놓은 화두인즉, 촛불집회를 담론의 중심에 놓고 진보와 보수의 진정한 실체적 접근 내지는 현 시점에서의 야멸찬 규명 그리고, 진보와 보수 세력들의 앞날에 관한 논쟁으로 일관하여 나아가는, 덧붙여, mb 정부 5년, 어떻게 숨쉬고 살아야 하나, 하는 꽤 우중충하나 정말이지 가슴을 쥐어뜯듯 고민하지 않을 수 없는 논전에 이르기까지 격론이 오간 뒤, 담배 한 대 피우려는 잠시의 휴지 동안, 다시 전어에 얽힌 한 마디, "전어 굽는 냄새 맡고 집 나간 며느리 돌아온다"던 낡은 원전의 농弄 던질 틈을 꼽아 보다 그만, 그 순간마저 놓치고 나면, 나는 이내 지루함을 이기지 못하고 연거푸 술잔을 들이붓거나 아니면 술잔을 놓아 버리고 말도 끊고 귀만 열어 놓고는 딴청을 피우는 축이니, 내 스스로 격을 높여 '학파'라 이르는 부도덕함을 그나마 드러내 보일 순 없는 일인즉, 나의 진정성을 간파하였을 것이라 여기거니와 그럼에도, 나는 입가에 잔잔한 미소를 머금는 걸 때로는 거르지 않는다. 나도 도반들의 언골言骨 속에 담긴 해학미와 언중言重의 무게와 깊이를 안다는 듯이 말이다. 그러면 도반들은 초승달, 아미 같은 엷은 나의 미소를 보고 고개를 주억거리며 다음으로 넘어가는 것인데…… 함께 해오는 동안 미루어 알고 있는 내 지적 역량으로 보아 역시 그 단계의 수준이라 여기며, 도반들께서도 그 엷은 미소에 그만, 속지 않았다는 웃음 한 모금 베어 무는 걸 무릇, 잊지 않는 것이었다.

그렇게 모이는 연향동파의 모임 장소는, 모이는 요일이 몇 년 동안 변하지 않았듯, 몇 년 동안 불변이었다. 그러다가 이번에 모임 장소를 바꾼 것이다. '갑자기 바꿨다' 는 표현(달리 서슬 퍼렇게 논박할 여지가 추후 거론되거니와 서두에서는 이런 정도의 언급)을 붙이는 게 딱 맞다.

'그 여자의 창 넓은 집'이 그동안의 모임 장소였다. 사실 창이 넓다는 그 집은, 창은 그리 넓지 않았다. 우리가 늘 앉아 말﹅과 술﹅을 올려놓는 원탁이 술집 안에서 가장 넓은 면적을 차지하고 있었다. 창은 바깥을 보여주거나 바깥에서 안을 들여다볼 수 있는 구실을 하는즉, 그 집은 기실 바깥 풍경이 툭 트이지 않은 곳이었다. 갇힌 전망을 보여줄 뿐 바깥에서는 창 안을 들여다볼 수 있는 시야를 널리 제공하지 않았다. 십 몇 층 아파트의 옆 벽을 바라보는 상가의 이층에 칸칸이 창이 나 있었으니, 그 창을 통해 바라볼 수 있는 하늘과 바람과 나무와 저녁별은 마치 『백경』의 에이헙 선장이 자그마한 망원경으로 망망대해에서 흰고래를 찾는 애잔한 눈길만큼이나 망막하게 바라볼 따름이었으므로, 그 상호의 의미는 아무래도 다른 속내를 지니고 있는 게 아닌가? 하는 상상력을 발휘하도록 이끌기에 부족함이 없을진저, 창처럼 속마음까지 다 보여주고 오지랖 넓게 쓸 터이니, 자주 오시와요, 하는 함의를 지닌 상호라 여기기에 족하지 않은가, 라 사료하고 있었다.

그런 까닭에, 장소를 바꾼 내막에는 도반 가운데 여럿에게 변화를 갖자는 내심이 필히 공유되고 충만해 있었을 거라, 나는 단정하지 않을 수 없었다. 주인인 '그 여자'는 우리가 나누는 대화의 중간중간에 말을 너무 많이 하면 입이라도 밭을까 봐, 여름철이면 얼음 냉수를 갖다 주거나 겨울철이면 결명자 우린 따뜻한 물을 두세 번도 넘게 가져다 주는 세심함을 즐겨 보여주었는데 소주 한 병, 생맥주 대여섯 잔을 안주도 변변치 않게 시켜 놓고는 입담만 두어 시간 넘게 주저리주저리 늘어놓고 있는 축들인 우리 연항동파에게 보다 더 융숭하고 품위 있는 대접을 못해 드려 노심초사, 안절부절 못하는 모습을, 주위의 다른 손님들을 대하는 그 여자의 태도를 통해 어렵지 않게 넉넉히 간파할 수 있었다.

학파라고는 하지만, 대학 강단에서 학문적 일가를 이룬 급별의 수준(연항동파에 모이는 나를 제외한 여러 도반들의 발바닥에도 못 미치는 학문 수준에 있는 대학 서생들이 수두룩하다는 걸 결코 모르는 것도 아니지만, 시중에서는 그게 대수가 아니고 대학 서생이라는 직함만을 치켜세우며 주머닛돈 훑어내려는 엽색獵色 앞세운 처사 또한 만연해 있음을 익히 아는지라, 세태를 꾸짖으려는 속내는 접고 그러려니 하고 넘어가는 터수이온즉)에 있지도 아니할 뿐 아니라, 중·고교에서 비린내 나는 아이들에게 학교 울타리 안에서만 융통되는 교과서 속의 지식을 서글프게 전수하고 있는 서생들인고로, 더불어, 도반 모두는 mb 정부 들어 이 정부의 노선에 추동하는 세력들에 의해 주적으로 몰려 있는, 전全 자 들어가는 이러저러한 구성체들 중에서도 제일의 타격 대상이 되고 있는 전교조에 한껏 몸담고 있는 이른바, 구빨치들이자 조직을 경천애인敬天愛人 하는 조합원 동지의 대열에 끼이는 자들이었으니, 이런 정도 칙사 대접을 받으면 마땅히 그날 수입이라도 몇 푼 더 올려주기 위해 몇 잔의 술과 산뜻한 안줏거리를 더 시켜야 할뿐더러, 주량을 살짝 넘은 과음의 상태라고 한다면 생강차 혹은 과일주스라도 위장에 더 부어 줘야 하거늘, 우리 중 누구도 그런 품위 유지의 행함에는 신경을 곤추 돋우지 아니하고 오직, 시국에 대해 논하고 현시의 난국을 타개하기 위한 논쟁을 일삼아 하, 시각이 여삼추임에도 덧없이 깊은 밤으로 흐르는 줄 모르고 대화의 심화에 빠져 일요일 밤을 살랑살랑 흐르는 실개천에 띄워 보내는 서생들이고 보면, 기실, 주인 여자가 우리 가운데 어느 도반에게 연모의 정을 건네려는 염사 지니고 있지 않고서는 그리 기품이 배인 대접은 기대 난망인 경우 아닐까, 짐짓 미루어 봄직함에도, 도반 중 어느 누구도 주인 여자에게 눈길 한 번 주지 않았고 이마에 굵은 핏줄 드러내며 논판에 힘들여 참여할 뿐이 — 라고 나는 그동안 굳게 여기 — 었다.

물론, 항간에 회자(나중의 모임에서 오간 대화록이긴 하나)되는 세정細情을 놓치지 않는 경우 또한 전혀 없지는 않았으니, 예컨대, 40의 나이에도 깜찍하게만 여겨 온 배우 최진실의 갑작스런 영면에 얽힌 비화는 처음부터 한쪽으로 밀쳐놓고 이른바, '최진실법'이라고도 하는 '사이버모독죄'의 입법과 혹은 '최진실모독법'이라며 입법 의도의 치졸함에 대해 한 번쯤 거론하는 걸 잊지 않기도 하였다. 어쨌거나, '그 여자의 창 넓은 집'에서의 행색이 이렇듯 한대도 수입에 연연해하지 않고 '창 넓은 집', 그 여자는 연중 한결같았던 것이다. 그처럼 도반들을 대하는 극진함이 이루 말할 수 없을진대, 모임 장소를 옮긴 까닭 또한 필시 그만큼 깊고 그만큼 넓은 인과의 제諸 요인이 충분히 수반되어 있지 않으리뇨? 하며, 의문을 깊이 가지고 있던 참이었다.

하여, 품 넓고 그늘 좋은 나무 밑에 앉아서도 흐르는 땀을 주체 못하고 물 묻은 수건으로 연방 온몸 닦아내느라 해 넘어가자 더욱 노곤해진 몸일지언정, 모임 장소로 출문出門하는 곤혹스러움을 끝내 감내하곤 하였던 올 여름날, 그토록 맹위를 떨치던 염천시하에서 조금 비껴, 이제 시나브로 가을의 정, 그 숙연함의 가절로 옮겨 가는 즈음, 그동안 몸 상태가 약간 꺼칠꺼칠하여 잠시 참여를 미루고 있다는 말을 전해 들어, 몸이 약간 꺼칠꺼칠해 있다는 걸 알게 된 도반 갑甲께서 모임터의 새로운 장소를 물색하와 변경의 문자메시지를 날렸는데, 나는 그날 참석할 수 없는 명백한 사유가 있어 함께 하지 못한 터였다. 아무튼, 그 장소 이동의 변辯이 그리 간단하지 않은 내막을 지니고 있을 것이라 못내 궁금히 여겨 오던 차, 옮긴 장소에서 만난 모임을 통해 그 까닭을 귀중히 듣게 되었으니 무릇 개봉박두의 기대로 심장이 두근두근해지는 걸 내, 어쩌지 못하는 지경에 다달았겠다!

그 도반 갑에게서 들은 첫 번째 이유인즉, '그 여자의 창 넓은 집' 주인 여자의 얼굴이 이젠 질린다는 것이었다. 나는 그만, 아연해하지 않을 수 없었다. 도대체, 도반 가운데 어느 누가 주모에 대해 눈길이라도 한 번 건넨 적이 있단 말인가? 도반들 사이에서 그동안 '몸의 이해에 관한 서양의학적 관점과 한의학이 바라보는 접근법의 격차'가 지니고 있는 의사상醫思想적 견해나 흐름 혹은 그 다름을 화두로 삼아, 인체, 특히 여성의 신체적 형상 요모조모에 관해 거론해 본 적도 없거니와 하물며 중국 고전 중에서 제일가는 서책이라 하는 방중房中의 한 술術—을 담고 있는 『방중술』은 애당초 논외의 서책인고로 일면식마저도 저어한 채, 도반들께서

필히 탐독하기를 마다해서는 아니 되는 우량도서 서너 권을 선정하여 분기별로 나눠 독서토론을 해온즉, 요즈음 시중에 회자되는 국방부의 불온서적 명단에 오른 책 중 서너 권의 책을 탐독한 적이 있으니, 아연, 불온서적 소지로 인해 적용될 수 있는 어떤 법의 저촉으로부터 자유로울 수 있을지 모르는 일─이나, 그에 버금가는 '야동' 들여다보기에 몸을 달구는 모모한 배우의 얄궂은 일면 따위는 단 일언의 언급도 없었음을 확인하는 바이오니, 애당초 주인 여자에 대한 일말의 애정을 뭇 남성들의 속내에다 견주고 들먹이며 모임터 이전의 첫 번째 이유로 내세우는 건, 도반들에 대한 예우가 도무지 아닌 듯 사료하지 않을 수 없는 것이렷다. 해서, 도반 경庚으로 불리는 나의 예단인즉,

─혹여, 여인들에 대한 잉여의 마음이 작금에도 있으사, 창 넓은 집, '그 여자'에게 슬몃슬몃, 수차례나마 눈길 혹은 속내의 언질마저 건넨 적이 있으오이까?

라며, 곧장 직진하자,

─지천명知天命인들 가을 바람 소소한데 가슴 서리게 아픈 구석 없으며, 가을 달빛 그윽한 창가에 앉아 지난날 두고 떠나온 사람, 그 잔영, 어찌 떠오르지 않을소이까!

지난 시절 동안 고이 담아 두었던 옛 여인의 자태가 주인 여자에게 묻어 있어 가슴의 파문을 지극히 숨겨 왔다거나 혹, 오십 중

반에 이르러 새삼스레 그려보아 왔던 여인의 인상인즉, 마음 일렁이게 하는 여울 또한 전혀 일지 않았다고는 못할 속내였음을, 에둘러 술회하니,

도반 을乙께서 왈,

— '그 여자의 창 넓은 집' 주인의 면면이 반반하고 수려하기로 그만하다고는 하지만, 하물며, 우리의 정담과 논판의 정성이 여태 그래 왔듯, 그쪽에다 자주 눈길 건넬 상황은 상기, 아니었음을 상기하시게나.

도반 을은 연향동파의 좌장으로서, 점잖게 꾸중을 건네는 것이었다.

— 사형께서 너무 고립을 자처하시는 말씀을 건네시는데, 내심, 주모의 씀씀이가 깊어 친우와 더불어 그 집에 때로는 들르게끔 이끌기도 하는 곳이었거늘, 유신이 그러했듯, 참소승마斬所乘馬라도 했어야 한다는 것이오리까?

도반 병丙의 창끝이 날카롭게 사형에게로 향했다. 도반 병은 고전에의 깊이가 도반들 가운데 으뜸이라, '김유신'을 들먹이지 않았다면 나는 능히 '참소승마'의 뜻풀이에 조금의 어려움을 겪었으리라. 덧붙여, 도반 병은, 도반 정丁과 대치되는 논점을 고수하길 여하히 즐겼는데, 하여, 도반 정의 반문 또는 이죽거림이 송곳 같다.

— '참소승마'를 입에 담을 지경에까지 이르렀다면, 그 집에 드

나들며 도반 병께서 쏟아부은 금전이 서 말은 넘겠소이다, 허허허.

도반 병이 불뚝, 대응하려 입을 벙싯거리기 전에 도반 임壬이 손사래를 쳤다.

―저 또한 몇 차례, 주우酒友와 더불어 그 집 문지방을 넘나들었기로, 주모 때문이 결코 아님에도 그 '창 넓은 집'만은 도반 어느 누구도 평시에 출몰해서는 곤란한, 마치 우리의 모임터 이외로는 어느 명목으로도 제공되거나 할애되어서는 아니 되는 장소여야 한다는 논조의 흐름이라고 설핏 느끼게 되는데, 나로선 매우 지나친 견해가 아닌가? 하는 판단을 하게 되옵니다.

―아, 그렇군요. 저야, 술집에 자주 들락거릴 정도로 술판에 자주 끼는 편 아니니, 애당초 우리 모임 아니면 그 집에 드나들 이유도 별반 없지만, 도반들 가운데 몇몇께서는 그동안 모임날 이외에도 자주 드나들었던 예우받을 만한 손님의 경우로 해서, 주인 여자가 우리가 모일 시에, 그리 극진한 모습을 보여주었던 게 아닌가, 싶소이다, 그려.

주류는 아예 한 모금도 입에 대지 않는, 함에도, 술판에 어울려 교유하기를 또한 마다지 않는, 간혹 궂은일이라도 발생하면 서둘러 나서서 궂은 역할을 도맡아 해내곤 하는 도반 기己였다.

도반 무戊가 눈을 지그시 감은 채, 말문을 열었다.

―'그 여자의 창 넓은 집'은 사실 융숭하고 넉넉함이 깃든 집이

지요. 주인 여자의 배려를 감안했을 시, 우리가 너무 소홀히 대접한 감도 없지 않습니다. 다만, 남성으로서 여성에게 지니는 감정의 이입 따위를 굳이 도반들께서 들먹이고 있는 건 그리 점잖은 언행이라고는 할 수 없지 않나, 여깁니다.

― 거기까지 함세. 대수로운 일도 아닌 듯싶고 또한 오십을 넘겼다 한들, 세상의 유혹들에 자유스러운 연배라고 하기에는 선부른 것도 같으이. 더불어, 이 가을을 맞으면서 우리의 심상에 들앉은 미추美醜의 감성을 건드려 본다 한들, 누구라고 나무랄 수 있는 서정의 찌꺼기가 아니라는 생각을 새삼 갖게 되네, 그려. 딴은, 그동안 보아 온 그 집, 주인 여자의 씀씀이가 우리를 편안하게 해주었음을 다들 익히 느끼고 있는 것 같은데, 하물며, 우리 모임터를 옮기게 된 연유로써, 갑이 거론하였듯 이를테면, '질린다'는 모임터 이전의 변만큼은 조금 가볍다고 보네. 그래, 이 정도에서 이전의 변에 관한 말문은 닫기로 하고, 다른 이야기로 넘어가 보세나.

토요일에 모임을 갖는 특별한 날이 아닌 터라, 도반 신의 내심은 들을 수 없었다. 도반 신 역시, 방학 중에 내려오는 날이 때로는 있어 '그 여자의 창 넓은 집'에서 모이는 날에 참석한 전례도 있거니와, 그의 속내는 어쩐지 궁금하여 아쉬운 생각을 떨칠 수가 없었다.

어쨌거나, 사형 을께서 화제를 돌리자는 제의가 있음에도 논판의 의제를 누군들 쉬이 내어놓지는 않았다. 몇 년 동안 그 집에 모이면서 나름으로는 그 집과 옮긴 이 집을 비교하는 눈길을 분주히 굴리고 있는 도반들의 자태로 보아, 장소 이전의 내막에 대해 좀 더 짚고 넘어가야 한다는 암묵 같은 게 엿보였다.

─우리가 몇 년 동안 '그·창·집'에 모여서 숱한 논전을 거듭해 왔는데도, 장소를 옮겨 모임을 갖자는 도반 갑의 문자메시지에 별 다른 규명 없이 일단, 이리로 왔소이다. 물론 흔쾌히 이리로 모였다고는 할 수 없지만, 별 다른 토를 달지 않고, 일방적으로 제시한 '새로운 장소'라는 문구에 현혹, 아, 표현이 다소 거친 점을 양해 구하고자 합니다. 아무튼, 그렇게 이끌리어 이 집으로 모이게 되었습니다. 이 점에 대해 불편하다거나 잘했다거나 혹은 앞서 도반 갑이 언급하였듯 그 집 주인 여자의 얼굴이 이젠 보기 싫어져서 옮기게 된 걸, 장소 이전의 변으로 용인하고 가지는 말자고 하는 사형의 언급까지 있었지만, 그런 정도의 선에서 덮어 버리고 다른 화제로 서둘러 옮겨 가자는 건, 장소를 옮긴 상황이나 인식에 대해, 갑의 언급을 결국 수용하는 모습이라고 나는 판단하옵니다. 우리의 모임터를 이전한, 거론되는 이유를 들으면서, 도반 갑의 솔직담백한 사변을 결코 가벼움의 내심으로 여기지 않고 있음을 전제하면서 말씀드리고자 하는 건, 그렇게 묵인하고 넘어가도 되는 것인가에 대해 함께 사유할 필요가 분명, 있다고 보는 것이

지요. 예컨대, 우리 학파의 한 시대를 마감하고 새로운 장을 펼치려는 시점이라고 굳이 명분을 붙일 수 있다면, '그 여자의 창 넓은 집' 시대를 접는 변으로써, 그 집 주인 여자의 얼굴을 더 이상보고 싶지 않아서 장소를 바꾸게 되었다고 하는 건, 사형께서도 앞서 거론하였거니와, 그동안 우리 논판의 의제와 그에 대한 심화된 쟁론을 염두에 놓고 볼 때, 수용하기 쉽지 않은 종언이 아닌가, 하는 점입니다. 해서, 이 부분을 간과하고 넘어간다면, 감히 '학파'라칭할 만한 하등의 연유도 없지 않겠는가, 라는 판단을 섣부르지만감히 하게 되는 것이올시다.

도반 병이, 평소의 그다운 고언苦言을 토했다. 허나, 도반 병의심각한 의제에 반해, 사형의 제안을 거들고 나서기라도 하듯 도반무 또한 대수롭지만은 않은 운을 떠우는 것이었다.

— '학파의 한 시대를 마감하고 새로운 장을 펼치려는 시점'이라고 꽤는 거창하게 지적하셨는데, 모임의 장소 이전을 이를테면, '학풍'의 새로운 도래라는 관점으로까지 확대하는 건, 지나침이 없지 않나, 여기는 바입니다. 그보다는, 우리 스스로 '연향학파'라 칭해 왔는데, 이름값에 부합하는 언행의 깊이와 무게가 속살 깊이 진술하게 존속해 있는가, 하는 자문을 통해, 작금, 일말의부끄러움이 없는 건 아닌지 살펴봄직, 하다고 봅니다.

기실, 도반 무는 한국의 실물경제에 대해 실물失物을 예로 들어

간파해 주기에 나는 매우 흥미롭게 청취하곤 하였다. 그는 한때 미국 문화에 대해 알고자 하는 내부의 요동을 물리치지 못하고 휴직까지 하면서 미국으로 전 가족 이주를 단행하기도 했었는데, 특히 미국발 금융위기가 한국 경제를 어떻게 쥐락펴락하고 있으며 더 나아가 세계 경제에 미치는 그 파고의 강도를 확연한 색과 선으로 그림 그리듯 보여주는 데에 덧붙여, 전 세계가 대공황의 구렁으로 빠져들 수 있는 상황 속에서 실제 대공황으로 치달을 경우 이의 확실한 타격을 위한 수순으로, 미국의 지난 1929년 대공황으로 인해 제2차 세계대전이 일어났듯, 전쟁 발발 가능성은 현저히 높아질 수 있다는 예측, 그것도 경제대국인 몇몇 국가가 주동이 되어 국지전 아닌 어느 한 대륙에서 벌어지는 준세계대전 수준의 전쟁으로 몰아가고 말 것이라는, 끔찍하지만, 자기공명기기인 MRI적 최첨단 수준의 진단을 통해 일목요연하게 정리해 주는 것이어서, 나는 그만 입안에 고이지도 않은 마른침을 꿀꺽 삼키지 않을 수 없었다.

그런 그가 '학파'라 칭하는 바에 대해 적잖은 부담감을 지녀 왔다고 한다면, 누군들 자유스러울 수 있겠는가, 말이다.

—샛길로 가지 맙시다.

도반 병이 다시금 말길을 틀어쥔다.

—그동안, '학파'라 이름하여 부르는 것에 우리 스스로 되돌아

볼 필요를 절감할 때가 저 또한 전혀 없었던 건 아닙니다. 굳이 견주려고 하는 건 아니지만, 오늘 참석하지 않은 도반 신 수준의 필력과 구력口ㄲ을 지니지 못한 처지로서, 세상의 여러 궤軼를 엮고 꿰매어 가지런히 정리하고 논구論究할 능력을 기르지 못한 채 감히 학파라 칭하고, 그 한 일원이라 내세우기에 심히 부끄러운 행색임을 저로서는 밝히지 않을 수 없소이다.

말길을 틀어막고 나서는 도반 병을 힐끗 건네보던 도반 정이 이렇듯 저어하고 나서는 것이었다. 이런 식의 논쟁 혹은 언쟁은 때때로 피곤하기도 했지만, 한편으로는 고무적인 일면이 있음을 부인하기 어려웠다. 논판을 더욱 명징하게 이끄는 요소로 톡톡히 작용하기 때문이었다.

도반 정이 출입문을 열고 들어서는 낯선 사내를 건네보다가, 연분홍색을 띤 작은 전구가 촘촘히 밝힌 천장을 올려다보고는, 다시 막 문을 열고 들어선 사내가 합석하며 시끌벅적하게 떠들어대는 옆쪽 자리로 눈길을 옮기면서, 눈길을 한 곳에 고정해 놓고 있지 못하는 건, '학파'라 명명한 근거 또는 상응하는 자존감을 어느 도반이라도 들춰내 주길 바라는 것이리라, 하는 생각을 나는 뜬금없이 떠올렸다.

도반 정은, 미국이 중동 지역과 남미 지역에서 군사력을 수반하여 벌여 온 도발적 지배구조의 안착화, 그리고 WTO와 IMF를

통한 재화財貨의 지배, 지적재산권 확대와 철저한 적용을 통해서
제반 과학기술의 저성장 국가로의 이전을 치밀하게 막음으로써
세계 초강국의 지위를 견지하고자 하는 점 등을 적확한 논거와 논
증으로 이해를 확산시켜 주곤 하였다. 역사학도로서 정사正史에
근거한 당대의 팩트에 대한 해석 역시 참으로 명징했다. 또한 훼
절된 우리 근현대사에 대한 흐름과 그 단면, 단면들을 세계사적
관점에서 짚어 보고, 앞으로 전개될 한반도의 정세를 탐닉하는 데
에 주저함과 빈틈이 없는 도반이었다.

    …….

  잠시 침묵이 흘렀다.

  나 또한 입안에 괴지 않은 밭은 침을 꿀떡 삼키었다.

  ─사실 우리 모임이 몇 년 동안 걸어온 자취와 여정 그리고 숱
한 논점과 수준의 단계로 보아, '학파'라 명명했다 한들 누가 쌍심
지 곧추세우고 입에 재갈 문 채 달려들어 간판 내리라고 혹은 현
판 달아둔 건 아니지만, 현판 걷어치우라고 달려들 어느 세력이
있을 리는 만무하다고 단언합니다. 물론, 어디에다 드러내 놓고
우리의 모임에 대해 선전하고 다닌 적도 없거니와, 이제 와서 학
파라 이르기에 부끄러운 처사네, 하면서 우리 모임의 격을 스스로
낮추려는 겸손까지 앞세울 시점은 굳이 아니라고 저는 봅니다.

  평상시 같지 않게 도반 임이 단호한 입장을 밝히자 도반 갑이

심각한 표정으로 듣고 있다 좌중을 힐끗 훑어보고는, 결자해지의 위치 혹은 단계라 여긴 듯, 가지런하게 닫아 놓았던 말문을 재차 열었다. 다른 도반들 역시 도반 갑의 발언이 수순에 맞는 거라 여긴 듯, 귀를 쫑긋 세우는 것이었다.

　―제가 장소를 옮기자고 한 데에는 앞서 밝힌 대로 '창 넓은 집' 주인 여자에 대한 이미지의 손상에서 출발한 측면이 일정 부분 없지 않으나, 사형께서 언급하신 것처럼, 제 변동의 변으로써 내세운 '질린다'는 표현에 대해, 저의 저급한 인품의 소치라고까지 충고하신 점에는 제가 받은 주인 여자에 대한 이미지의 손상에 비춰 얼마간의 유감 또한 갖게 되는 바이올시다. 물론, 이 자리에서 손상의 내용에 대해 밝히는 건 부적절하다고 단언하는 바, 언급하지는 않겠습니다. 그럼에도, 제가 지금 내심에 지니고 있는 장소의 이전에 따른 고뇌에 비하면, 그런 언급은 저로선 차마 수용하기 어렵다는 점을 밝히면서, 제가 부득불 장소를 옮기려고 심대한 고민을 하게 된 그 시발점을 정작, 밝히지 않을 수 없는데, 그건, 제 코 때문입니다. 제 코가 '개코'거든요. 다른 사람보다 냄새에 민감하다는 겁니다. 저는 그 집에서, 특별히 올해 들어, 이상한 냄새를 맡곤 했는데,

　거기까지 내리읊던 도반 갑이 잠시 말길을 접고 뜸을 들였다. 얼굴이 제법 벌겋게 상기되어 있는 걸로 봐서, 내심의 갈피를 그루 잡

지 못하고 있음을 느낄 수 있었다. 도반 갑은 자유주의적 사고태思考態를 지닌, 이를테면 리버럴한 성향을 심심찮게 내보이는 도반이었다. 적절한 유머와 예인藝人적 끼를 또한 곧잘 드러내곤 하였는데, 한때는 연극 무대에서 연기도 하고 연출까지 맡았던 적이 있는 도반으로, 도반들의 온라인 카페인 'OO의 연꽃향기'에 시 한 수 올리기를 마다지 않는 그였다.

─냄새라, 냄새라……

도반 임이 말 품앗이를 할 듯하다, 이내 거둬들인다.

─혹 다른 도반들께서는 맡지 못했는지 모르겠는데, 뭔가 퀴퀴하고 노린내가 나는 게, 저는 그동안 영 불편했습니다. 퀴퀴한 건 그 집이 낡고 오래된 집이고, 또 한편으로는 하얀 전구의 형광불빛이 아니고 여러 색색의 불빛이어서, 한껏 분위기 잡으려다 분위기 망친 것 같은 그런 느낌 때문에 갖게 된 일종의 변종된 냄새라 치더라도 노린내, 뭐랄까, 밤꽃 한창 흐드러질 때 풍기는 그 야리야리하면서도 현묘한 냄새……

콧속을 뭔가가 막고 있어서 불편한지 코끝을 엄지와 검지로 몇 차례 주물럭거리며 도반 갑이 잠시 말끝을 흐린다. 평소와 다른 말투였다. 말끝을 맺지 않고 문칫문칫 운을 두는 건 그의 어투가 아니었다. 리버럴한 것처럼 그는 짧고 명쾌한 어법을 즐겼다.

─그래요? 나도 그랬는데. 언제부턴가, 도반 갑께서는 '특별

히 올해 들어,' 그런다고 했는데, 저는 그 시점은 잘 모르겠고, 언제부턴가, 그 집에서 묘한 냄새가 난다는 걸 인식하긴 했는데, 딱히, 무슨 냄새라고 가늠하기 어려워, 발설하지 않고 있었거든요.

도반 임이 앞서 덧붙이려다 접어 버린 동의의 말보탬을 하고는 도반 갑처럼 자신의 코를 쓰윽 문질렀다. 한때, 소설 공부에 집착하여 여러 편의 단편을 써내기도 했던 도반 임은 자신이 맡고 있는 국사 교육을 더욱 심화시키고자 하는 발로의 일환으로 유적지 발굴 작업에 참여하기도 하고 더불어 훼절된 근현대사 속에서 벌어진 지역의 아픔인 '여순사건'의 실체 규명 작업에도 힘을 보태는 등 활동 폭을 넓히고 있는 도반으로, 요즘 들어 그는 통일과 관련한 부분과 부문에 대한 발언을 부쩍 빈번히 해왔다. 특히, 통일을 원하는 여론이 전 세대에 이르기까지 부정적으로 확대되어 가고 있는 현실을 심히 아파했는데, 이를 타개하기 위한 나름의 행동으로 통일문화연구원(인지 정확히는 기억되지 않지만)에서 개최한 중국 쪽의 두만강변을 따라 가며 북녘땅 간절히 보기의 일환으로 실시한 걷기 회합에도 지난 겨울방학에 자발적으로 참여하여 통일운동의 실천력 제고에 발품을 아끼지 않는 도반이었다. 그런 그가 도반 갑이 이내 밝힌 것처럼 냄새 맡는 데에 '개코'인 건 또한 처음 안 사실이었다.

— 도반 임께서도 제가 맡은 냄새와 동일한 냄새를 맡았는지는

모르겠으나 어떤 냄새를 맡긴 맡으신 것 같은데, 사실, 제 각별한 후각 기능은 얼마 동안 마비되어 있었사옵니다. 이른바, 상호주 의니 하면서 인도적인 식량 지원까지 대북 퍼주기라며 중단을 요 구하고 있는 일각의 세력들에 의해 명명된 '잃어버린 10년' 동안 에는 말입니다. 그 기간에는 어디에서도, 특별한, 제가 맡는 냄새 가 좀 유별난 냄새인데, 그런 냄새를 맡을 수가 없었습니다. 냄새 가 미미해서 그랬던 것이었는지, 아니면, 냄새 자체가 없었던 까닭 에 그랬는지는 명확하게 결론짓진 못하겠으나, 아무튼, 그 '잃어 버린 10년' 동안에 나는 '개코'의 기능이 마비되어 있는 사실 자 체를 인식하지 못할 정도로, 편안, 그래, 편안했다고 표현해도 되 겠는데, 아무튼, 긴장 속에서 후각을 곤두세워 코를 벌름거리며 그 어둠의 그림자 속에 감춰져 있는 냄새를 맡아야 하는, 그 민감 한 개코의 역役에서 벗어날 수 있어서, 편안했다고 할 수 있었습니 다. 그런데, 올해 들어, 봄볕 따사로운 산길을 걷다가 일명, 피나 물이라 부르는 자그마한 노랑매미꽃에서 정말이지 피냄새를 맡 고, 풀섶에 자그맣게 핀 애기똥풀에서 애기똥 냄새를 참으로 상큼 히 맡는다거나 혹은 내 집 안에서 내 식구들에게서만 나는 영롱한 냄새가 결코 아닌, 흘깃흘깃 나를 훔쳐보는 타인의 눈초리에서 풍 기는 어떤 냄새를 맡기도 했지요. 또한 아파트 현관으로 스며든 흔적은 결코 발견할 수 없는, 베란다를 타고 들어왔거나 현관 밖에서 안으로 주입시키지 않았나 하는 의심을 갖게 되는, 또는 내 가족 중 자신도 모르게 어디에선가 묻혀 온 어떤 냄새, 다시 말해 어둠 속에서 나의 말을 엿듣고 나의 몸짓을 주시하는 기기器機로 여겨지는 쇠붙이에서 나는 냄새라고 느껴지는, 차가우면서도 시큼하고 야릇한 내음 따위를 맡아 오곤 하였다는 것이지요. 더불어 '그 여자의 창 넓은 집'에서도 또한 우리가 늘 앉았던 자리 옆자리에서 묻어 나온 또 다른 '개코'의 큼큼거리는, 그래, 아주 음험하고 비릿한 냄새를 줄곧 맡게 되었다는 겁니다. 그 냄새의 정체에 대해 명료하게 짚어낼 수는 없겠으나, 앞서 제가 말했던, 흐드러진 밤꽃에서 풍기는 야리야리하면서 현묘한 어떤 냄새인바, '창 넓은 집'에 가면 그 냄새를 밀도 높게 분명히 맡게 된다는 것입니다. 문제는, 떨칠 수 없는 문제는, 그 냄새 속에서 우리를 영구려는 일종의 구속력을 감지했고 현재도 절실히 느끼고 있다는 점이올시다.

— '그러니까 도반 갑께서 가지고 있는 '개코'의 기능은 흔히들 느낄 수 있는 일반적인 후각 기능과는 다른, 그러니까, 유발될 수 있는 어떤 상황에 대한 낌새, 그러니까, 은밀히 진행되고 있는 모종의 기만적 책동에 대해서까지도 민감하게 탐지할 수 있는 그러니까, 특별한 후각 기능을 지니고 있다는 것이지요.'

도반 임 또한 똑같은 기능의 '개코'를 지니고 있다는 것인지 혹은 그런 기능을 지닌 '개코'가 기필코 실재한다는 데에 동의하는 것인지, 그러니까, 가늠하기 모호한 반문을 하는 것이었다.

— 문제는 제가 지니고 있는 '개코'의 기능이 확률적으로 신뢰할 만한 수준에 도달해 있다는 점입니다. 겪었던 예를 하나 들자면……

(도반 갑이 든 실제의 예를 다시 듣고자 되돌림 버튼을 눌러 또다시 되돌아가는 건, 우선 그 이야기가 너무 장황해 지루한 감이 없지 않을 뿐 아니라, '신뢰할 만한 수준'의 진위를 파악하는 데 그리 도움 되지 않을 수도 있거니와 그의 리버럴한 경향성이 짙게 담겨 있는 터라, 혹 오해할 수 있는 여지 또한 지니고 있는바, 여기선 그만 접기로 하고 그 이후의 상황을 보자면), 도반 갑과 도반 임을 제외한 다른 도반들 모두 아연 긴장하는 낯빛 속에서도 서녘 하늘에 이르게 뜬 이지러진 그믐달빛 닮은 어둑어둑한 미소만큼은 선뜻, 감추지를 못했다.

도반 갑이 말하는 '개코의 역'이 후각 기능의 본래 한계를 넘어 보이지 않고, 풍기지 않는 어떤 냄새를 맡아 낼 수 있는 또 다른 차원의 역할이 가능한가에 대해서는, 도반 갑에 대한 예우로써, 능치는 말이라고는 여기지 않는다 하여도, 그의 발언을 곧이 곧 진의로 받아들이기에는 연향동파의 그동안의 내력으로 보아, 쉽지 않은 터수이긴 하였다. 그럼에도, 확신에 찬 묘한 두려움을 수반한 도반 갑의 어투로 미뤄 도반들은 일단, 고개를 절레절레 내젓지는 않았다.

─그러니까, 그러니까,

─그러니까, 그러니까, 무슨 그러니까, 야.

도반 정이 답답한 듯 도반 임의 반복되는 말투를 꼽씹는다. 도반 임은 도반 정의 대학 동문 후배였다.

─그러니까, 뭔가, 우리를 옭죄는 어떤 조짐의 냄새, 다시 말해 감시의 냄새, 도청의 냄새, 뭐, 이런 따위의 냄새를 맡았다, 그리고 지금도 맡고 있다? 그러니까, 그거지요?

─너무 앞서는 예단, 아니오이까?

도반 임의 호들갑스러움에 도반 기가 섣부르다, 라며 나섰다.

─아니오. 짚이는 데가 있어서 그러하외다.

도반 임이 눈동자를 허공에 두고 느릿느릿 내뱉자,

─뭐가 그러하단 말인지 들어 봅시다.

사형 또한 어떤 직감에 사로잡히는 표정이 역력했다. 도반 갑이, 사형의 되물음을 받아 다시 무겁게 입을 열었다.

─우리 학과가 어떤 그물망에 걸려들어 있지 않나 하는 것이옵니다. 거미줄처럼 낭창낭창한 그런 정도가 아니라 필시, 누구도 빠져나갈 수 없는 촘촘한 저인망에 걸려들어 있는 게 분명해 보이는데, 현재, 그 그물망을 잡아끄는 손길이 매우 거칠고 단도직입적이어서 우리로서는 어떤 조치를 해야 하는지, 감을 잡을 수 없는 강력한 속박의 냄새를 맡고 있다는 것이오, 시방.

―무슨 뜬구름 잡는 말이오, 그게. 이른바, '진실사건'이라고 부르는 그런 관제성이 우리에게 어떻게 작동되어 덮씌워질 수 있다는 것인지, 도무지 수긍할 수 없소이다.

나 또한 도반 갑의 황당하다고밖에 할 수 없는 거칠고 지나친 감각에 언필칭, 짜증이 났다.

―가만, 가만. 그렇게 내칠 일이 아닌 듯싶네. 내가 지난번에 명퇴를 신청했다고 했지 않았는가? 그런데, 알다시피, 안 됐거든. 문제는, 나보다 다섯 살 아래면서 경력은 같은 동료는 되고; 나는 안 됐단 말일세. 그런데, 그걸 안 이후, 감시망 안에 갇혀 있는 게 아닌가, 하는 묘한 쫓김 같은 걸, 스스로 감지하게 되었어. 뭐랄까, 집 안의 전화기로 통화하는데 갑자기 웅웅, 울린다거나 불통 지역이 아닌데, 핸드폰 소리가 잘 안 들린다거나 하는, 그런 것 말이야. 그렇다고, 내가 도청당하고 있다는 생각을 해본 적도 없고, 그런 경험도 없단 말이지. DJ 정부 때 2년 동안 지부장을 하면서도, 전혀 느끼지 못했던 거거든. 그런데 명퇴 신청 이후, 그런 일이 잦다 보니까, 지금 갑과 임의 이야기를 들으면서, 그런 생각에 갑자기 사로잡히게 되네, 그려.

사형이 전교조 전남 지부장을 했을 당시의 활동가를 중심으로 해서, 인식적 친불친親不親을 가려 모임이 꾸려졌다는 걸 감안했을 때, 사형의 그동안의 언행 속에 어느 한 면이라도 가식이 수반되어 있다고 여기는 도반은 아무도 없었다. 더불어, 명퇴를 신청하며 사형께서 이른, 이제 육십을 맞아 다른 일을 모색할 때가 되어서, 라고 한 명분의 이면에, mb 정부 하에서 더 이상 월급 타먹고 살지 않겠다는 결연한 단행임을 우리는 느껍게 감지하고 있었다. 그런 연유로, 2학기 들어 명퇴를 감행한 소설가 친구가 또한 있으므로, 기실, 더욱 부끄러움에 빠져들지 않을 수 없었다.

— 그러니까, 제가 지난 겨울방학에 두만강변을 따라 걸으면서 북한을 '간절히' 보려는 참가자들과 이런저런 대화를 통해 알게 된 게, 참가자들 대부분이 북한 연구가들이었는데, 그러니까, 관변 학자들이 아니고, 대학에서 북한학을 제대로 연구하고 있는 사람들이었는데, 그러니까, 그 사람들은, 항시, 그런 걸 염두에 두고 연구실 컴퓨터를 사용하고, 연구실 전화기를 쓰고, 연구실 자료를 관리한다고 하더라구요.

도반들 몇몇이 그럴 수 있겠거니, 하는 낯빛을 띠면서도, 후각 기능과 관련한 도반 갑의 언급 이후 도반 임이 계속 들먹이듯, '그러니까', 하물며, 우리에게까지 그런 조작의 그물망이 덮씌워질 하등의 연고가 없다는 내색 또한 감추지 않았다.

— 그냥, 직관적으로 바라보지 말고, 절망의 시대에 접어든 만큼, 기제적 관점으로부터 출발해 보자면, 직감할 수 있다는 겁니다. 즉, 촛불집회 이후, 집회를 앞서 추동한 세력을 딱히, 지목할

수 없음에도 참여연대랄지, 6·15실천연대, 거기에 유모차부대까지, 저인망식으로 싹쓸이하듯 엮어 가고 있는 상황, 국방부 불온서적의 지정이 내재하는 대사회적 경고성, 경제적 위기 상태를 빌미 삼아 경제공안적 정국으로 이끌어가고 있는 현실, 급기야 국보법을 무리하게 적용하면서까지 사상적 공안의 시대로 주저함 없이 돌입하고 있는 상황 등을 두고 볼 때, 어떤 수순에 의한, 보이지 않는 손에 의해, mb 정부 최대의 공적이라고 떠드는 무리들의 사주에 의해서, 전全 자 쓰는 조직체 가운데 전교조를 마수걸이로 해서 심대히 타격할 수 있는 조직 사건화가 요망되고 있다고 하는 점을 직시할 수 있습니다. 해서, 전교조의 중심을 치고 들어가는 건, 현실성이 떨어지지요. 외곽, 그것도 변방에서, 변방이긴 하나, 충분한 개연성을 지닌 소수의 자발적 조직체 내지는 순수함을 가장한 비순수한 모임체 가운데 그 결성 연대가 깊고 오래된 더불어 주동이라고 지목할 수 있는 자, 또한 너무도 엉뚱한 위치에 있지 않은 구성원 중의 하나를 지목하여 충분히 엮어낼 수 있는 동력同力 관계를 지니고 있다고 확신하는, 그런 여타의 자생 조직들을 대상으로 안테나를 세우고 면밀히 주시하고 있는 가운데, 우리가 딱 걸려들었지 않나 하는,

그때, 갑자기 콰당, 열리는 출입문 소리에 흠칫 놀라며, 도반갑이 말문을 닫았다. 도반들 또한 거칠게 들어서는 젊은이에게 시

선을 집중했다. 아연, 긴장하는 빛이 역력했다. 머리털을 짧게 깎은 젊은 사내애가 출입문을 거세게 닫고는 혀 꼬부라진 소리로 '까불고 있어, 씨팔' 하며, 우리에게만 향해 있지는 않은 것 같은 욕지기를 내뱉고는 홀 안을 휘휘 둘러보다, 홀 안쪽에서 손을 들어 알은 체를 하는 여자애에게로 성큼 가버린 뒤에도, 도반들은 안도하는 빛을 드러내지 않는 것이었다.

—……그래, 그런 상황에 우리가 처해 있지 않나, 하는 것이외다.

도반 갑이 홀 안으로 휘적휘적 걸어가서는 여자애 앞에 앉은 젊은 사내애를 흘깃 건네보고는 말을 닫았다. 도반 기가 이제 그만 '이 따위' 사변을 마감하자는 듯 이내, 말문을 이었다. 딴은, 젊은 사내애가 던지고 간, 어처구니없는 한 마디 말에 속내가 다소 누그러지는 걸, 도반들 모두는 감지하고 있었다.

—도반 갑께서 언급한 부분에 대해 저는 다른 측면에서 간략히 짚어 보고자 합니다. 오늘, 우리가 어떠한 상황, 어떤 연유로 해서 장소를 이리로 옮겼건 간에, 이는 궁극적으로는 노마디즘 nomadism의 표출이라고 사료합니다. 21세기, 현대인들이 끝내 겪을 수밖에 없는 '지적知的 유목'의 한 현상이라고 보는 것이올시다. 거기에다, 국가 통제의 수단으로 전락하게 되어 있는 첨단의 디지털 기기는 또 다른 디지털 노마드遊牧民, 또 다른 '개코'의 시대를 필연적으로 유발하게 되어 있습니다. 우리를 끊임없이 지적 혹은

일상적 삶의 유랑에 나서게끔 강제할 것입니다. 달리 말씀드리면, 우리 '연향학파'에만 강요되는 유랑이 아니고, 현시現時를 살아가는 시대인 모두는 궁극적으로 사유적 강제 이거移居를 당하게 되어 있다는 점이올시다. 그래, 아무리 하늘에 닿을 듯하고 최신의 장비를 장착한 모모한 타워 팰리스Tower Palace에 풍신風神을 안착시키고 시스템적 차단의 벽으로 무장했다 한들 국가통제기구로부터 단 한 치도 벗어날 수 없게 되어 있다는 점을 우리는 직시하지 않을 수 없습니다. 하온즉, 도반 가운데 어느 장소에 대해 불편함을 느끼고 있다면, 더 이상 고집할 필요는 없다고 저는 보는 것이외다. '그 여자의 창 넓은 집' 시대는 이제 마감합시다. ……그런 견지에서, 오늘이 두 번째지만, 이 장소 또한 마땅하지 않은 것, 아니겠소.

─그러니까, 다음 장소를 물색할 때까지, 찬바람 쌩쌩 불기 전에 산이건, 바다건, 바깥으로 한번 나가심이 어떠하오리까?

총무인 도반 임이 재빠르게 장소 탐색에 나섰다.

─구름 한 점 보고 한 잔 하고, 흐르는 바람에 마음 싣고 떠나 보시려우.

누군가 능치자, 도반들 모두는 연락책(이라는 70~80년대의 코뮤니스트적 표현을 해서는 아니 될 것 같은 분위기는 언제였나 하듯 상기, 잊어버리고)을 맡고 있는 총무에게 다음 모임의 장소 물색을 일임

하고 일어서는 것이었다.

거리는 네온 불빛 아래 여전히 '까불고 있'었다, 씨팔.

1쇄 찍은날 : 2009년 6월 5일
1쇄 펴낸날 : 2009년 6월 10일

지은이   구자명 외
펴낸이   최윤정
펴낸곳   도서출판 나무와숲

등 록   22-1277
주 소   서울특별시 송파구 방이동 22 대우유토피아 1304호
전 화   02)3474-1114
팩 스   02)3474-1113
e-mail : namusup@chol.com

값 9,000원
ISBN   978-89-93632-06-4   03810